八月は冷たい城

恩田陸

MYSTERY LAND
講談社

mystery Land

the Lonely castle in august

by riku onda

illustrations by komako sakai

published by kodansha Ltd.
12-21, otowa 2-chome, bunkyo-ku, tokyo 112-8001, japan

isbn978-4-06-220345-6 c0093
printed in japan by seikosha printing co., Ltd.

m-030

THE LONELY CASTLE IN AUGUST

ONDA RIKU

第一章　砕けた夏　7
第二章　蟷螂の斧　33
第三章　四人の少年　56
第四章　花の影　82
第五章　もう一人いる　105
第六章　緑の疑惑　132
第七章　暗い日曜日　153
第八章　動揺の理由　178
第九章　最後の鐘が鳴る時　197
終　章　沈黙の城　219
わたしが子どもだったころ　232

八月は冷《つめ》たい城《しろ》

第一章　砕《くだ》けた夏《なつ》

「——誰《だれ》がやったんだ？」


空はゆるぎない青さで、風《かぜ》はなかった。

穏《おだ》やかな午後《ごご》。時間《じかん》も止《と》まっているかのような世界《せかい》。

しかし、中庭《なかにわ》にいる少年《しょうねん》たちの顔《かお》はどれも一様《いちよう》にひきつり、強張《こわば》っている。

「待《ま》てよ、光彦《てるひこ》。」

腕組《うでぐ》みをして少《すこ》し離《はな》れたところに立っていた卓也《たくや》が声《こえ》を掛《か》ける。

「なんだよ、卓也《たくや》。」

光彦《てるひこ》は、あえて少《すこ》しだけ間《ま》を置《お》いて彼《かれ》の顔《かお》を見た。

「事故《じこ》という可能性《かのうせい》はないのか？」

「事故《じこ》？」

思《おも》わず語気《ごき》が荒《あら》くなる。

「これが事故《じこ》だって？　本気で言《い》ってんのか。」

光彦《てるひこ》は半《なか》ば怒《おこ》り、半《なか》ばあきれ顔《がお》だった。

「本気だよ。」

卓也《たくや》は腕組《うでぐ》みをしたまま、ほんの少《すこ》し肩《かた》をすくめた。眼鏡《めがね》の奥《おく》の目が、光彦《てるひこ》に向《む》かってこう言《い》っているのが分《わ》かる。

ヨセ、テルヒコ。コトヲアラダテルナ。

「もういいよ。」

地面《じめん》に座《すわ》り込《こ》み、石のベンチにもたれかかっていた幸正《ゆきまさ》が力なく呟《つぶや》いた。その顔《かお》は青ざめているというよりも、灰色《はいいろ》がかった白に見える。盛夏《せいか》の白昼《はくちゅう》だというのに、彼《かれ》の顔《かお》を見ていると、肌《はだ》に寒気《さむけ》を覚《おぼ》えるほど、体温《たいおん》が感《かん》じられなかった。

「大丈夫《だいじょうぶ》か、ユキ。」

「大丈夫《だいじょうぶ》。」

幸正《ゆきまさ》のそばに立っていた大柄《おおがら》な耕介《こうすけ》がかがみこもうとするのを、幸正《ゆきまさ》はかすかに手を上げて制《せい》した。身体《からだ》の弱《よわ》い彼《かれ》は、それを補《おぎな》うためなのか反動《はんどう》なのか、負《ま》けん気《き》は強《つよ》かった。誰《だれ》かに同情《どうじょう》されたり、気を遣《つか》われたりするのをとても嫌《いや》がる。

「ユキは大丈夫《だいじょうぶ》だと言《い》ってるぜ。で、どうする？　これ。片付《かたづ》けちまっていいのかな。」

卓也《たくや》が顎《あご》でそちらを示《しめ》した。

光彦《てるひこ》は、卓也《たくや》の視線《しせん》の先のものを一瞥《いちべつ》する。

「一応《いちおう》、証拠物件《しょうこぶっけん》だし、とりあえず今日《きょう》はこのままにしとこう。」

「証拠物件《しょうこぶっけん》、か。」

光彦《てるひこ》の返事《へんじ》をからかうように卓也《たくや》が呟《つぶや》く。

「だけどさ。」

卓也《たくや》はちらっと光彦《てるひこ》を見た。

「もし本当《ほんとう》におまえの言《い》うとおり、これを誰《だれ》かが仕組《しく》んだんだとすれば、その理由《りゆう》はなんなんだ？」

理由《りゆう》。人は皆《みな》たずねる。なぜなのか。なぜこんなことをしたのか。どうしてだ。話《はな》してみろ。説明《せつめい》しろ。

人は皆《みな》、行動《こうどう》には理由《りゆう》があると思《おも》っている。人は誰《だれ》でも、考《かんが》えなし、動機《どうき》なしに行動《こうどう》などしないのだと。

「それを知《し》りたいんだ。どうしてここで？」

光彦《てるひこ》は卓也《たくや》を睨《にら》みつける。

そして、そこに立っている耕介《こうすけ》と、座《すわ》っている幸正《ゆきまさ》に目をやる。

どうして僕《ぼく》たちなんだ？

「それって、俺《おれ》らに聞《き》いてるってことだよな？　当然《とうぜん》、ここには俺《おれ》たちしかいないんだから、誰《だれ》かがやったってことは、俺《おれ》らの中の誰《だれ》かってことだもんな。」

耕介《こうすけ》が、彼独特《かれどくとく》の、ちょっと間延《まの》びしたような声《こえ》で言《い》った。

気まずい沈黙《ちんもく》が下りる。

徐々《じょじょ》に分《わ》かってきたことだが、耕介《こうすけ》が一見のんびりしているように見えるのはこの声《こえ》のせいだ。しかし、実際《じっさい》のところ、彼《かれ》は見かけほどおっとりはしていない。身体能力《しんたいのうりょく》も高《たか》いし、頭《あたま》も相当《そうとう》に切《き》れる。この喋《しゃべ》り方《かた》、生来《せいらい》のものだろうが、少《すこ》しポーズが入っているような気がするのは考《かんが》えすぎだろうか。

「そうだよ。」

光彦《てるひこ》はそっけなく答《こた》えた。

「じゃあ、おまえも入ってるってことだよな?」

耕介《こうすけ》がねっとりした目つきで光彦《てるひこ》を見る。

光彦《てるひこ》はムッとするのと、ぐっと詰《つ》まるのと、両方《りょうほう》で表情《ひょうじょう》を硬《かた》くした。

「光彦《てるひこ》の仕業《しわざ》だとしたら、話《はなし》としては面白《おもしろ》いけどね。」

卓也《たくや》が皮肉《ひにく》を込《こ》めて笑《わら》ったので、光彦《てるひこ》は頷《うなず》いた。

「もちろん、それは否定《ひてい》しないさ。ただ、僕《ぼく》は自分《じぶん》がやってないことは知《し》ってるよ。」

「なら、俺《おれ》もそうだ。」

「俺《おれ》も。」

光彦《てるひこ》の返事《へんじ》にかぶせるように、卓也《たくや》と耕介《こうすけ》が続《つづ》ける。

ちょっと間《ま》があって、みんながなんとなく幸正《ゆきまさ》を見た。

「ユキは否定《ひてい》しないのか？」

耕介《こうすけ》が尋《たず》ねると、幸正《ゆきまさ》は疲《つか》れたように笑《わら》った。

「どうでもいいよ。誰《だれ》がやったんでも構《かま》わないけど、もうちょっと心穏《こころおだ》やかに過《す》ごさせてほしいな。だって、ほら、僕《ぼく》ら、じきにみなしごになるんだからさ。」

みんなが幸正《ゆきまさ》の言葉《ことば》に、かすかにぴくっと反応《はんのう》するのが分《わ》かった。

「あ、みなしごになるのは僕《ぼく》だけか。ごめんごめん。みんなはまだどっちか残《のこ》ってるんだよね。」

幸正《ゆきまさ》はあどけない顔《かお》を歪《ゆが》めて低《ひく》く笑《わら》った。

承知《しょうち》してはいても、やはりそのことを口に出されると、誰《だれ》もが少《すく》なからず動揺《どうよう》せずにはいられない。少年《しょうねん》たちがここに集《あつ》まっている理由《りゆう》。夏《なつ》の時間《じかん》を一緒《いっしょ》に過《す》ごす理由《りゆう》。

それは、もうすぐ訪《おとず》れる家族《かぞく》の死《し》という冷徹《れいてつ》な事実《じじつ》だ。そのために彼《かれ》らは結《むす》び付《つ》けられ、同《おな》じ時間《じかん》を過《す》ごし、この場所《ばしょ》に繋《つな》ぎとめられている。

しかし、その時《とき》、光彦《てるひこ》は何《なに》か別《べつ》のことに気を取《と》られていた。

今《いま》、幸正《ゆきまさ》は何《なん》と言《い》った？　何《なに》かが心《こころ》に引《ひ》っかかったのだけど——僕《ぼく》ら、じきにみなしごになるんだから——いや、この台詞《せりふ》じゃない。その前《まえ》だろうか。

「そりゃそうだよなあ。ただでさえ、ここにいること自体《じたい》そんなに楽《たの》しいもんじゃないのに。」

耕介《こうすけ》がぽつんと呟《つぶや》いた。

その本音らしき声《こえ》の響《ひび》きに、光彦《てるひこ》は胸《むね》を突《つ》かれたような気がした。

そうだ。僕《ぼく》たちはいたくてここにいるんじゃない。なのにどうして、こんな余計《よけい》な不安《ふあん》を抱《かか》え込《こ》まなけりゃならないんだろう。

その時《とき》、ずっと止《と》まっていた風《かぜ》がふうっと中庭《なかにわ》を吹《ふ》き抜《ぬ》け、少年《しょうねん》たちの頬《ほお》を撫《な》でていった。午後《ごご》の太陽《たいよう》の熱気《ねつき》を帯《お》びたその一陣《いちじん》の風《かぜ》は、凍《こお》り付《つ》いていた時間《じかん》まで溶《と》かすような、ハッとする熱《あつ》さを持《も》っていた。

と、なんとなくみんなが動《うご》き出《だ》した。誰《だれ》かが一時停止《いちじていし》ボタンを解除《かいじょ》したかのように、空気がほどけたようだった。

「ねえ、考《かんが》えてみれば、僕《ぼく》たち以外《いがい》にも、ここに自由《じゆう》に出入りできる人がもう一人《ひとり》いるじゃない？」

幸正《ゆきまさ》がふと思《おも》いついたように顔《かお》を上げた。

「え？」

みんながその声《こえ》に振《ふ》り返《かえ》る。

「ほら、そいつさ。」

幸正《ゆきまさ》が、地面《じめん》に目をやる。

さっききまさに、彼《かれ》の命《いのち》を奪《うば》いかねない目に遭《あ》わせたものがそこにある。

「――まさか。」

光彦《てるひこ》は、引《ひ》きつった声《こえ》を上げた。

他《ほか》の二人《ふたり》も、動《うご》きを止《と》めてそれに見入った。

地面《じめん》の上に無残《むざん》に放《ほう》り出《だ》され、あちこちが砕《くだ》けてひび割《わ》れた石の彫刻《ちょうこく》。

それは、ここ夏流城《かなしろ》という土地《とち》の、あらゆる意味《いみ》での象徴《しょうちょう》――誰《だれ》もが心《こころ》の底《そこ》で意識《いしき》し、思《おも》い浮《う》かべる対象《たいしょう》であろう、「夏《なつ》の人」を模《も》した彫像《ちょうぞう》だった。

＊

「まさか、『みどりおとこ』が？　幸正《ゆきまさ》のやつ、本気で言《い》ってたわけじゃないよな。」

卓也《たくや》が部屋《へや》に戻《もど》る道《みち》を歩《ある》きながら呟《つぶや》いた。

「うーん。冗談《じょうだん》めかしてはいたけど。」

光彦《てるひこ》は煮《に》え切《き》らない声《こえ》を出した。

「でも、僕《ぼく》らの中に犯人《はんにん》がいないんだとすると、可能性《かのうせい》から外《はず》すわけにはいかない。」

「マジかよ。」

卓也《たくや》が「信《しん》じられない。」というように首《くび》を振《ふ》った。

「それこそ、なんで『みどりおとこ』があんなことしなきゃならないんだ？　俺《おれ》たちのこと脅《おど》してどうするんだよ？」

「さあ、そんなのわかんないよ——でも、卓也《たくや》も認《みと》めるんだね？　僕《ぼく》たちが脅《おど》かされてるって。」

卓也《たくや》が絶句《ぜっく》したので、光彦《てるひこ》は密《ひそ》かに溜飲《りゅういん》を下げた。

ここに着《つ》いて以来《いらい》、何《なに》かがおかしいとずっと感《かん》じていた光彦《てるひこ》は、たびたび卓也《たくや》

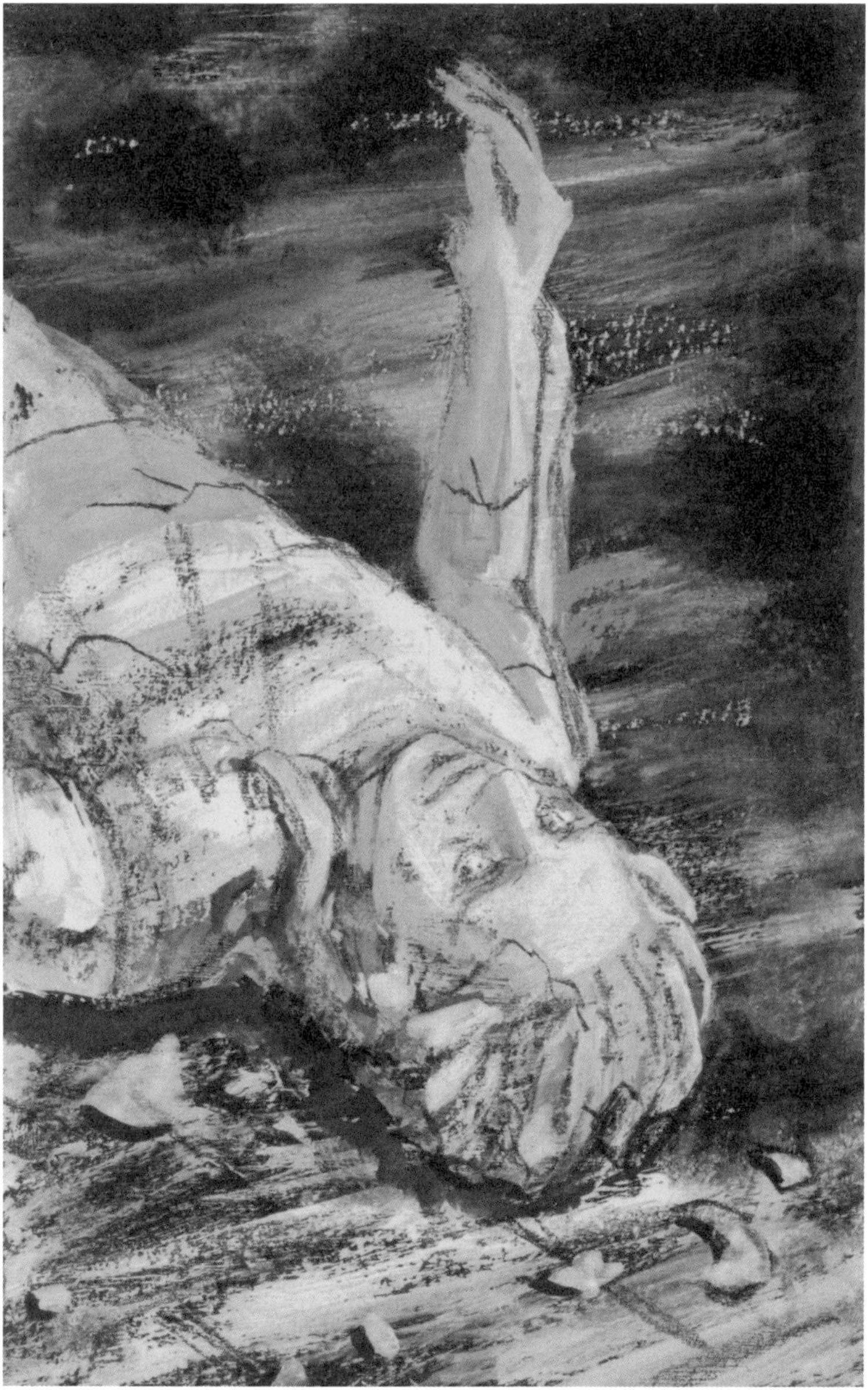

にそう訴《うった》えていたのだが、卓也《たくや》はこれまでずっと取《と》り合《あ》わなかったのだ。

「そりゃあさすがにちょっと――あれを見ちゃったらね。」

卓也《たくや》は渋々《しぶしぶ》認《みと》める。

「だろ。仕掛《しか》けがあったのは間違《まちが》いない。しかも、下手すると幸正《ゆきまさ》が下敷《したじ》きになってた。」

ベンチの下に、縄《なわ》が張《は》ってあった。

一見、そうとは気付《きづ》かないようになっていた。ベンチに腰掛《こしか》け、ベンチの下に足を入れた時《とき》に、引《ひ》っかかるようになっていた。足が引《ひ》っかかって縄《なわ》が引《ひ》っ張《ぱ》られると、背後《はいご》にある彫像《ちょうぞう》が崩《くず》れ落《お》ちてくる仕掛《しか》けだ。

あの時《とき》、耕介《こうすけ》が幸正《ゆきまさ》に向《む》かって「ユキ、左に倒《たお》れろ！」と叫《さけ》ばなかったら今《いま》ごろ――

「耕介《こうすけ》の指示《しじ》は的確《てきかく》だったな。あいつ、見た目、ドンくさそうなのに。」

同《おな》じことを思《おも》い出《だ》していたらしく、卓也《たくや》が呟《つぶや》いた。

確《たし》かに、あの時《とき》、耕介《こうすけ》が言《い》った言葉《ことば》が「危《あぶ》ない。」とか「避《よ》けろ。」というものだったら、普通幸正《ふつうゆきまさ》は振《ふ》り向《む》くか前《まえ》に立ち上がり、倒《たお》れてくる彫像《ちょうぞう》にまともにぶつかっていただろう。耕介《こうすけ》が「左に倒《たお》れろ！」と叫《さけ》び、幸正《ゆきまさ》がそれに従《したが》ったから、直撃《ちょくげき》を免《まぬが》れたのだ。

「あいつ、ドンくさくなんかないよ。あの喋《しゃべ》り方《かた》だからのんびりして見えるけど、かなり鋭《するど》いんじゃないかな。」

「ふうん。」

卓也《たくや》が思《おも》いがけないという表情《ひょうじょう》で光彦《てるひこ》を見た。

「おまえ、耕介《こうすけ》が犯人《はんにん》だと思《おも》ってたのか？」

「えっ。」

自分《じぶん》でも意外《いがい》だったが、それが図星《ずぼし》だと気付《きづ》く。耕介《こうすけ》に、見た目と中身《なかみ》にギャップがあると気付《きづ》いた時《とき》から、なんとなくそうではないかと思《おも》っていたことに。

「そうか。そうかもしれない。」

「だから、あそこでキツく出たんだな。」

そうなのだ。光彦《てるひこ》も、あんなふうに強《つよ》く言《い》い出《だ》すつもりはなかった。もう少《すこ》し柔《やわ》らかな言《い》い方《かた》もあったろうし、後《あと》から一人《ひとり》ずつそれとなく聞《き》いてみる方法《ほうほう》もあったろう。

しかし、あの時《とき》、砕《くだ》け散《ち》った彫像《ちょうぞう》と青ざめて地面《じめん》にへたりこむ幸正《ゆきまさ》の顔《かお》を見たら、黙《だま》っていられなくなってしまったのだ。

「でも、幸正《ゆきまさ》を助《たす》けたのは耕介《こうすけ》だぜ。自分《じぶん》で仕掛《しか》けといて、わざわざ助《たす》けるか？」

卓也《たくや》はもっともな疑問《ぎもん》を口にした。

「うん、確《たし》かに。」

光彦《てるひこ》も頷《うなず》く。

「もしかしたら、あいつの狙《ねら》いは幸正《ゆきまさ》じゃないのかもしれない。他《ほか》の奴《やつ》が座《すわ》ることを期《き》待《たい》してたのかも。」

「おい、まさか。」

卓也《たくや》が光彦《てるひこ》の顔《かお》を覗《のぞ》き込《こ》んだので、光彦《てるひこ》は目を合《あ》わせる。

「毎日同《まいにちおな》じ場所《ばしょ》にいると、なんとなく、いつも座《すわ》る席《せき》って決《き》まっちゃうよね。」

「あそこの席《せき》にいつも座《すわ》ってたのは——。」

光彦《てるひこ》は頷《うなず》いた。

「そう、僕《ぼく》だ。あいつは、僕《ぼく》のことを狙《ねら》っているのかもしれない。だから、幸《ゆき》正《まさ》は助《たす》けたんだ。」

卓也《たくや》は混乱《こんらん》した表情《ひょうじょう》になる。

「どうして？　おまえ、あいつに恨《うら》まれるような覚《おぼ》えでもあんの？」

「ないよ。」

「だよな。第一《だいいち》、学校も違《ちが》うし。」

「うん。接点《せってん》、ない。」

「じゃあどうして？」

「分《わ》からない。だから不思議《ふしぎ》なんだよ。」

光彦《てるひこ》は独《ひと》り言《ごと》のように漏《も》らしたが、その時《とき》、不意《ふい》に閃《ひらめ》いた。

「そうか。さっき、幸正《ゆきまさ》の台詞《せりふ》に引《ひ》っかかったんだけど、そのわけが分《わ》かったよ。」

「幸正《ゆきまさ》の台詞《せりふ》？　何《なに》か言《い》ったっけ？」

「うん。あいつ、自分《じぶん》だけみなしごになるって言《い》っただろ。」

「ああ。」

卓也《たくや》は頷《うなず》いてから、わずかに顔《かお》をしかめた。

「そうなんだな。あいつ、どっちもいなくなっちゃうんだ。」

その意味《いみ》するところを思《おも》い、二人《ふたり》は一瞬《いっしゅん》黙《だま》り込《こ》んだ。

が、光彦《てるひこ》は努《つと》めて明《あか》るい声《こえ》を出した。

「ああいうのって、なんて声掛《こえか》けていいのか分《わ》からないよな。お互《たが》い様《さま》とも言《い》えないし、慰《なぐさ》めようにも慰《なぐさ》められない。」

「うん。で、何《なに》が引《ひ》っかかったんだ？」

「あいつ、心穏《こころおだ》やかに過《す》ごさせてほしいなって言《い》ったんだ。心穏《こころおだ》やかに。」

「それがどうして？」

「もしかして、さっきの罠《わな》を仕掛《しか》けた奴《やつ》は、心穏《こころおだ》やかに過《す》ごしたくないんじゃないかなって気がしたんだ。」

「耕介《こうすけ》が？」

「耕介《こうすけ》かどうかは分《わ》からない。見た目と結構違《けっこうちが》うって気付《きづ》いてからどこかで疑《うたが》ってたのは確《たし》かだけど、今《いま》は自信《じしん》がなくなってきた。でも、ここにいるのって、結構《けっこう》キツイじゃん？」

「うん。」

めったに素直《すなお》にならない卓也《たくや》だが、今度《こんど》は素直《すなお》に頷《うなず》いた。

「だから、じりじり鐘《かね》が鳴《な》るのを待《ま》ってるのが耐《た》えらんない奴《やつ》だっていると思《おも》うんだ。ただひたすら、その時《とき》を待《ま》ってるだけなんて、キツイ。だから、他《ほか》のことで気を紛《まぎ》らわせようとしてるのかもしれない。」

卓也《たくや》は唸《うな》り声《ごえ》を上げた。

「かといって、彫像《ちょうぞう》でぶっ殺《ころ》すっていうのはあまりに物騒《ぶっそう》すぎだろ。そんなことしてなんになる？」

「うん、結局《けつきょく》、話《はなし》はそこに戻《もど》ってくるわけさ。どうしてここで、どうしてそんなことしなきゃならないのかって。」

「なるほど。堂々巡《どうどうめぐ》りだな。」

卓也《たくや》は首《くび》をかしげた。

少《すこ》しずつ、いつのまにか夕暮《ゆうぐ》れが忍《しの》び寄《よ》っていた。

なんとなく、二人《ふたり》の少年《しょうねん》は足を止《と》め、空が赤みを帯《お》びていくのをしばし眺《なが》めていた。

長閑《のどか》な、ゆったりと時間《じかん》の流《なが》れる夏《なつ》の午後《ごご》。夏《なつ》の花が咲《さ》き乱《みだ》れ、生《い》き物《もの》が生命《せいめい》を謳歌《おうか》するこの真夏《まなつ》の午後《ごご》に、彼《かれ》らは尽《つ》きてゆく命《いのち》を思《おも》いながらここで過《す》ごさなければならないのだ。

「こんなに綺麗《きれい》な場所《ばしょ》で――こんなに明《あか》るい季節《きせつ》なのに、残酷《ざんこく》だよなあ。」

卓也《たくや》の独《ひと》り言《ごと》を、光彦《てるひこ》は聞《き》き流《なが》す。

いったいいつからこんな習慣《しゅうかん》ができたのかは分《わ》からない。今世紀《こんせいき》に入り、世界《せかい》的《てき》な緑色感冒《りょくしょくかんぼう》のパンデミックが収《おさ》まってしばらく経《た》った頃《ころ》のことだという。

詳《くわ》しいことはもはや誰《だれ》も話題《わだい》にせず、むしろ触《ふ》れることはタブーになっていることは少年《しょうねん》たちも知《し》っている。ここ夏流城《かなしろ》が、そのタブーを一手に引《ひ》き受《う》けていることも。そして、自分《じぶん》たちがそのタブーの中で暮《く》らしている当事者《とうじしゃ》であることも分《わ》かっているのだ。

だけど、こんなことを誰《だれ》が予想《よそう》していただろう。もうすぐ親《おや》がこの厚《あつ》い壁《かべ》の向《む》こうで、緑色感冒《りょくしょくかんぼう》で死《し》ぬということだけでもそう簡単《かんたん》に受《う》け入《い》れられるような事《じ》実《じつ》ではないのに、それを待《ま》つために集《あつ》められたこの林間学校《りんかんがっこう》で、何者《なにもの》かが悪意《あくい》を持《も》って自分《じぶん》たちを脅《おど》かそうとしているなんて？

「まだ続《つづ》くのかな。さっきのあれで、満足《まんぞく》したと思《おも》うか？」

卓也《たくや》が尋《たず》ねる。

「さあね。こうして表《おもて》ざたになったあと、どう出てくるか。やめるって線《せん》もあるけど、ますますエスカレートするかも。」

「なあ、実《じつ》は俺《おれ》が犯人《はんにん》だとは思《おも》わないのか？　それって俺《おれ》に対《たい》する牽制《けんせい》？」

冗談《じょうだん》めかしていう卓也《たくや》に、光彦《てるひこ》は苦笑《くしょう》した。

「正直《しょうじき》、わかんないな。卓也《たくや》はガキの頃《ころ》から知《し》ってるし、そうじゃないと思《おも》ってるけど。」

卓也《たくや》は「くくっ。」と笑《わら》った。

「だといいな。俺《おれ》は、言《い》いだしっぺのおまえが犯人《はんにん》かもしれないという説《せつ》を捨《す》てないでおく。」

今度《こんど》は光彦《てるひこ》が笑《わら》う番《ばん》だった。こういうところは、幼馴染《おさななじみ》の卓也《たくや》らしいところである。

「夕飯《ゆうめし》まで、どうする?」

光彦《てるひこ》が尋《たず》ねると、卓也《たくや》は小さく欠伸《あくび》をした。

「退屈《たいくつ》だから、宿題《しゆくだい》でもするよ。」

「退屈《たいくつ》だからってのが凄《すご》いな。」

「何《なに》もしないでいるっていうのも飽《あ》きるし、つらいもんだし。」

言外《げんがい》の意味《いみ》は、説明《せつめい》は不要《ふよう》だった。

「おまえは?」

「散歩《さんぽ》でもする。」

光彦《てるひこ》はそう言《い》って、二人《ふたり》は手を上げて別《わか》れた。と、歩《ある》き出《だ》して少《すこ》ししして「そうだ。」卓也《たくや》が振《ふ》り向《む》く。

「何《なに》?」と光彦《てるひこ》も振《ふ》り返《かえ》ると、卓也《たくや》が声《こえ》を張《は》り上《あ》げた。

「もうひとつ、可能性《かのうせい》があるだろ。」

「なんの?」

「犯人《はんにん》だよ。嫌《いや》がらせをする奴《やつ》。」

「誰《だれ》？」

「分《わ》かってるくせに。土塀《どべい》の向《む》こうだよ。」

卓也《たくや》はそちらに顎《あご》をしゃくった。

土塀《どべい》の向《む》こう。今《いま》のこの場所《ばしょ》からは、雄々《おお》しく繁《しげ》った夏《なつ》の木々に遮《さえぎ》られて見えないけれど、そこにある厚《あつ》い土塀《どべい》。

「それこそ、まさかだろ。土塀《どべい》を越《こ》えてくるって？」

光彦《てるひこ》は両手《りょうて》を広《ひろ》げた。

「少《すく》なくとも、『みどりおとこ』よりは可能性《かのうせい》があるんじゃないか？　昔《むかし》、夜《よ》な夜《よ》な土塀《どべい》を越《こ》えて会《あ》ってるうちに、子供《こども》ができちゃったって奴《やつ》もいたらしいぜ。」

「土塀《どべい》を越《こ》えてわざわざ嫌《いや》がらせに来《く》るって？」

「さっきのおまえの話《はなし》じゃないけど、まともな精神状態《せいしんじょうたい》でない奴《やつ》もいるだろ？」

卓也《たくや》はじっと光彦《てるひこ》の目を見据《みす》えている。

が、つと目を逸《そ》らして言《い》い添《そ》えた。

「今年《ことし》、佐藤蘇芳《さとうすおう》も向《む》こうに来《き》てるんだってな。」

光彦《てるひこ》はぎくっとした。

いきなり、卓也《たくや》の口からその名前《なまえ》を聞《き》こうとは。

自分《じぶん》が激《はげ》しく動揺《どうよう》していることに気付《きづ》く。

まさか、卓也《たくや》は気がついているのだろうか？

「らしいね。たいへんだよ、あのうちも。」

光彦《てるひこ》は、努《つと》めてさりげなく聞《き》こえるように答《こた》えた。

「うん。じゃな。メシの時《とき》に。」

卓也《たくや》はくるりと背《せ》を向《む》け、小さく手を振《ふ》って去《さ》っていった。

その後《うし》ろ姿《すがた》をしばらく見つめ、彼《かれ》が遠《とお》くに見えなくなったことを確《たし》かめてから、光彦《てるひこ》はそろそろと歩《ある》き出《だ》した。なんとなく、周囲《しゅうい》に誰《だれ》かがいるような気がして、何度《なんど》も後《うし》ろを振《ふ》り返《かえ》る。

鬱蒼《うつそう》とした林の中を抜《ぬ》ける。

オレンジ色《いろ》の木漏《こも》れ日《び》が、肩《かた》や頭《あたま》にチラチラと影《かげ》を落《お》としているのが心地《ここち》よかった。

佐藤蘇芳《さとうすおう》。

彼女《かのじょ》の静《しず》かな目、静《しず》かな声《こえ》を思《おも》い浮《う》かべる。

そう、彼女《かのじょ》もこの夏《なつ》、この夏《なつ》の城《しろ》に来《き》ている。土塀《どべい》の向《む》こうで、他《ほか》の少女《しょうじょ》たちと一緒《いっしょ》に鐘《かね》が鳴《な》るのを待《ま》っている。

ふと、視界《しかい》の隅《すみ》を白いものが過《よ》ぎった。

うねうねと林の中を抜《ぬ》けている小川に、白い花が流《なが》れていた。

ああ、また誰《だれ》か逝《い》った。

胸《むね》の奥《おく》が、鈍《にぶ》く痛《いた》んだ。

かつて誰《だれ》かの子供《こども》だった誰《だれ》か。もしかして、誰《だれ》かの親《おや》だった誰《だれ》か。その命《いのち》が、花となって音もなく流《なが》れていく。

見《み》ず知《し》らずの誰《だれ》かの命《いのち》であってもこんなに痛《いた》みを感《かん》じるのに、これよりどれくらい大きな痛《いた》みに耐《た》えなければならないのだろう。

光彦《てるひこ》は、無意識《むいしき》のうちにシャツの胸元《むなもと》をぎゅっとつかんでいることに気付《きづ》き、溜息《ためいき》をついて指《ゆび》の力を緩《ゆる》めた。

もう一度《いちど》、辺《あた》りを見回《みまわ》し、誰《だれ》かがいないか気配《けはい》を探《さぐ》る。

用心《ようじん》してしばらく待《ま》ってから、ようやく彼《かれ》は動《うご》き出《だ》した。小川の流《なが》れに沿《そ》って、更《さら》に歩《ある》きにくい林の中を進《すす》む。

やがて、古《ふる》ぼけた土塀《どべい》が見えてきた。その下を小川がくぐっていて、静《しず》かで意《い》外《がい》に速《はや》い流《なが》れが土塀《どべい》に吸《す》い込《こ》まれていく。

誰《だれ》にも知《し》られてはならなかった。こんなことがバレたら大変《たいへん》だ。

光彦《てるひこ》は、足元《あしもと》に注意《ちゅうい》しながら小川が吸《す》い込《こ》まれる土塀《どべい》に近付《ちかづ》き、そっと耳を押《お》し当《あ》てた。

土塀《どべい》の向《む》こうの気配《けはい》を窺《うかが》い、そっと声《こえ》を掛《か》ける。

「――そこにいるのかい、蘇芳《すおう》?」

光彦《てるひこ》と蘇芳《すおう》は、何日《なんにち》かに一度《いちど》、待《ま》ち合《あ》わせてこの場所《ばしょ》にやってくる約束《やくそく》を交《か》わしていたのだった。

第二章　蟷螂《とうろう》の斧《おの》

思《おも》えば、この夏《なつ》は始《はじ》まりからどことなく変《へん》だった。

あいつが光彦《てるひこ》の前《まえ》に現《あらわ》れた時《とき》から、既《すで》に、何《なに》かがおかしかった。

光彦《てるひこ》は小さい頃《ころ》からずっとあいつが苦手《にがて》だった。みんなが知《し》っているあいつ。みんなが讃《たた》えるあいつ。

あいつはいったい何者《なにもの》なんだ？

図画工作《ずがこうさく》であいつの絵《え》を描《か》き、作文《さくぶん》を書《か》かされる度《たび》に思《おも》った。

そもそも、光彦《てるひこ》はあいつが「夏《なつ》の人」と呼《よ》ばれ、希望《きぼう》の象徴《しょうちょう》のように仰《あお》ぎ見《み》られていることが納得《なっとく》できなかったのだ。

むろん、あいつが下校時《げこうじ》に現《あらわ》れた時《とき》、ショックを受《う》けなかったかと言《い》えば嘘《うそ》になる。

あいつが夏《なつ》の城《しろ》への招待状《しょうたいじょう》を渡《わた》すのは、必《かなら》ず相手《あいて》が一人《ひとり》になった時《とき》だというのは知《し》っていた。

身内《みうち》に緑色感冒《りょくしょくかんぼう》の患者《かんじゃ》がいると、そういうことには敏感《びんかん》になるし、どこかで覚悟《かくご》はできている。

だから、ぴょんぴょん飛《と》び跳《は》ねる独特《どくとく》の動《うご》きであいつが前方《ぜんぽう》に現《あらわ》れた時《とき》、光彦《てるひこ》は「ああ、やっぱりお母《かあ》さんはもう助《たす》からないんだな。」と真《ま》っ先《さき》に思《おも》ったし、その考《かんが》えを比較的冷静《ひかくてきれいせい》に受《う》け止《と》めてもいた。

しかし、受《う》け止《と》めることと納得《なっとく》することとは別《べつ》である。少《すこ》し遅《おく》れて、冷《つめ》たく苦《にが》い塊《かたまり》みたいなものを喉《のど》の奥《おく》に感《かん》じ、光彦《てるひこ》は動揺《どうよう》した。それは今《いま》にもせり上がって彼《かれ》の身体《からだ》から飛《と》び出《だ》しそうだった。自分《じぶん》が泣《な》き叫《さけ》びたいんだということを認《みと》めるのにしばらくかかり、そのことにショックを受《う》けたのち、ようやく苦労《くろう》してそれを喉《のど》の奥《おく》にごくんと飲《の》み込《こ》んだ頃《ころ》には、「みどりおとこ」はすぐ目《め》の前《まえ》までやってきていた。

一度《いちど》目にしたら忘《わす》れられないビジュアルであるが、改《あらた》めて間近《まぢか》に目にする「みどりおとこ」はやはりたいへんインパクトがあり、光彦《てるひこ》はまじまじと全身《ぜんしん》を見回《みまわ》さずにはいられなかった。

髪《かみ》も肌《はだ》も、それこそ輝《かがや》くような見事《みごと》な緑色《みどりいろ》だ。長身《ちょうしん》で彫《ほ》りの深《ふか》い顔《かお》立《だ》ち。何《なに》よりギョロ目で白眼《しろめ》の部分《ぶぶん》が目立つ。

子供《こども》の頃《ころ》から語《かた》られてきたその不思議《ふしぎ》な姿《すがた》の人物《じんぶつ》は、光彦《てるひこ》の不躾《ぶしつけ》な視線《しせん》に気を悪《わる》くする様子《ようす》もなく口を開《ひら》いた。

「あんた、嘉納光彦《かのうてるひこ》ね？」

甲高《かんだか》い声《こえ》で単刀直入《たんとうちょくにゅう》に確認《かくにん》する。

「そうだけど。」

光彦《てるひこ》はぶっきらぼうに答《こた》えた。

「そっちが捜《さが》してる嘉納光彦《かのうてるひこ》かどうかは分《わ》からないよ。」

「確《たし》かに。」

「みどりおとこ」はあっさりと頷《うなず》いた。

「きちんと確《たし》かめなくちゃね。同姓同名《どうせいどうめい》かもしれないし。あんた、お母《かあ》さんがお城《しろ》に入院《にゅういん》している嘉納光彦《かのうてるひこ》ね？」

光彦《てるひこ》はぐっと詰《つ》まった。また喉《のど》の奥《おく》に冷《つめ》たい塊《かたまり》を感《かん》じたが、必死《ひっし》にそれを飲《の》み込《こ》む。

「そうだけど。」

「じゃあ、間違《まちが》いないわ。これを。」

「みどりおとこ」は緑色《みどりいろ》の封筒《ふうとう》を取《と》り出《だ》し、光彦《てるひこ》に向《む》かって差《さ》し出《だ》した。

特徴《とくちょう》ある字で表《おもて》に「嘉納光彦様《かのうてるひこさま》」と書《か》かれている。

これは誰《だれ》が書《か》いているんだろう。こいつだろうか。これはこいつの字ってこと？

光彦《てるひこ》は怒《おこ》ったような顔《かお》でその封筒《ふうとう》をじっと見つめていたが、受《う》け取《と》ろうとはしなかった。

ひたと「みどりおとこ」を睨《にら》みつける。

「これを受《う》け取《と》らなかったらどうなるの？」

「どうもならないわ。」

「みどりおとこ」はこれまたあっさりと答《こた》えた。

「あんたは大切《たいせつ》な人を見送《みおく》る機会《きかい》を失《うしな》うだけよ。」

光彦《てるひこ》はびくりと身体《からだ》を震《ふる》わせた。

見送《みおく》る。お母《かあ》さんを。もうずっと会《あ》っていないお母《かあ》さんを。

緑色感冒患者《りょくしょくかんぼうかんじゃ》に会《あ》わせてもらえないのは、発症《はっしょう》し、病気《びょうき》が進行《しんこう》すると姿《すがた》が変《か》わってしまうだけでなく、なぜか近親者《きんしんしゃ》に対《たい》する感染力《かんせんりょく》が他人《たにん》に比《くら》べてとても高《たか》くなるからだ。特《とく》に子供《こども》は、同《おな》じ部屋《へや》にいるだけで罹患率《りかんりつ》が跳《は》ね上《あ》がる。だから隔《かく》離《り》されたお城《しろ》への招待《しょうたい》という、回《まわ》りくどい手段《しゅだん》をとる習慣《しゅうかん》ができたらしい。

光彦《てるひこ》はいつのまにか、おずおずと緑色《みどりいろ》の封筒《ふうとう》に向《む》かって手を伸《の》ばしていた。

封筒《ふうとう》に手を触《ふ》れた瞬間《しゅんかん》。

突然《とつぜん》、奇妙《きみょう》な考《かんが》えが降《ふ》ってきた。


でも、本当《ほんとう》にそれだけなんだろうか——僕《ぼく》たちがお城《しろ》に行《い》く理由《りゆう》は、そのためだけなのだろうか？


光彦《てるひこ》は封筒《ふうとう》を手にしたまま棒立《ぼうだ》ちになった。

なんだ、今《いま》のは。

なぜかきょろきょろと周囲《しゅうい》を見回《みまわ》してしまう。

「みどりおとこ」はそんな光彦《てるひこ》の様子《ようす》をじっと見ていたが、ぼそりと呟《つぶや》いた。

「あんた、危《あぶ》ないわね。」

「え？」

光彦《てるひこ》はきょとんとして「みどりおとこ」を見上げた。

「気を付《つ》けないと、カマキリに喰《く》われちゃうわよ。」

「はあ？」

ますますきょとんとしている光彦《てるひこ》に向《む》かって、「みどりおとこ」は奇妙《きみょう》なポーズを取《と》ってみせた。

ガラス玉のような目は、恐《おそ》ろしく無感情《むかんじょう》だった。

肘《ひじ》を曲《ま》げた状態《じょうたい》で手をだらりと下げ、ぶるんと振《ふ》ってみせる。

光彦《てるひこ》はゾッとした。

カマキリの斧《おの》。

「みどりおとこ」はそれを模《も》して、両手《りょうて》を振《ふ》ったのだ。全身緑色《ぜんしんみどりいろ》の「みどりおとこ」がそうしているところは、まさに緑色《みどりいろ》のカマキリのよう。

何《なに》を考《かんが》えているんだ。僕《ぼく》を脅《おど》してるんだろうか？

凍《こお》りついたように立ち尽《つ》くす光彦《てるひこ》にくるりと背《せ》を向《む》け、「みどりおとこ」はぴょんぴょんと跳《は》ねていく。

あの独特《どくとく》の歩《ある》き方《かた》は、緑色感冒《りょくしょくかんぼう》の後遺症《こういしょう》だと聞《き》いたことがあった。脳《のう》の運動機《うんどうき》能《のう》を司《つかさど》るところに影響《えいきょう》して、普通《ふつう》にまっすぐ歩《ある》けなくなってしまったのだという。

しかし、光彦《てるひこ》には、その歩《ある》き方《かた》すらもカマキリに見えて仕方《しかた》がなかった。

あいつはいったい何者《なにもの》なんだ。

封筒《ふうとう》をぐしゃりと握《にぎ》りしめ、光彦《てるひこ》は姿《すがた》が見えなくなるまで「みどりおとこ」を目で追《お》い続《つづ》けていた。

「――光彦《てるひこ》、まだそんなこと考《かんが》えてるの?」

佐藤蘇芳《さとうすおう》は半《なか》ばあきれ、半《なか》ば不安《ふあん》そうな顔《かお》で光彦《てるひこ》を振《ふ》り返《かえ》った。

「だって、あいつ、僕《ぼく》を脅《おど》したんだぜ?」

光彦《てるひこ》は不満《ふまん》そうに蘇芳《すおう》の顔《かお》を見返《みかえ》した。

「しっ。」

蘇芳《すおう》は口の前に人差《ひとさ》し指《ゆび》を立て、そっと周囲《しゅうい》を見回《みまわ》した。

市立図書館《しりつとしょかん》の、一階《かい》の外《はず》れ。奥《おく》まったところにある閲覧《えつらん》コーナーである。

二人《ふたり》は、子供《こども》の頃《ころ》から大勢《おおぜい》いるいとこの中でもうまが合《あ》った。家《いえ》がそう遠《とお》くないこともあって、しばしば、下校途中《げこうとちゅう》にこの場所《ばしょ》でとりとめのないおしゃべりをして時間《じかん》を過《す》ごしてきたのだ。

医療関係者《いりょうかんけいしゃ》である二人《ふたり》の親《おや》が、どちらも緑色感冒《りょくしょくかんぼう》で隔離《かくり》されているという共通《きょうつう》点《てん》も大きかったのは確《たし》かだ。同《おな》じ境遇《きょうぐう》の子供《こども》でないとできない話《はなし》も、二人《ふたり》でならできたからだ。

光彦《てるひこ》の「夏《なつ》の人」――すなわち、あの「みどりおとこ」に対《たい》する違和感《いわかん》も、蘇《す》芳《おう》にだけは幼《おさな》い頃《ころ》から打《う》ち明《あ》けていたのだ。

「ぜったいおかしいよ。きっとあいつ、世間《せけん》で言《い》われているような英雄《えいゆう》なんかじゃない。」

招待状《しょうたいじょう》を受《う》け取《と》った翌日《よくじつ》。

夏流城《かなしろ》という特殊《とくしゅ》な地域《ちいき》では、誰《だれ》が招待状《しょうたいじょう》を受《う》け取《と》ったかは、数日《すうじつ》も経《た》てばどこからともなく伝《つた》わってしまう。

蘇芳《すおう》も招待状《しょうたいじょう》を受《う》け取《と》ったというのも、その日のうちに父親《ちちおや》から光彦《てるひこ》に知《し》らされていた。きっとこのことについて話《はな》し合《あ》いたいだろうと思《おも》い、翌日《よくじつ》の放課後《ほうかご》に図書館《としょかん》にやってきたら、案《あん》の定《じょう》、蘇芳《すおう》は閲覧室《えつらんしつ》の開《あ》け放《はな》した窓《まど》のところにぼんやり佇《たたず》んで光彦《てるひこ》を待《ま》っていた。

「やあ。」

「もうすぐ夏休《なつやす》みね。」

二人《ふたり》は言葉《ことば》少《すく》なに挨拶《あいさつ》をした。何《なに》も言《い》わなくとも、互《たが》いの目を見たとたん、どんな気分《きぶん》でいるかは理解《りかい》していた。

「お城《しろ》、行《い》くんだろ?」

「まあね。今年《ことし》は人数《にんずう》は少《すく》ないみたいだけど、何《なに》も知《し》らされてない子が一人《ひとり》いて、頭《あたま》が痛《いた》いわ。」

蘇芳《すおう》はかすかに顔《かお》をしかめた。

誰《だれ》が見ても同年代《どうねんだい》の中では頭抜《ずぬ》けてしっかりしている蘇芳《すおう》のことである。子供《こども》たちだけで過《す》ごすお城《しろ》では、自然《しぜん》とリーダー役《やく》を任《まか》されていた。「何《なに》も知《し》らない子」については、前《まえ》に蘇芳《すおう》から少《すこ》しだけ話《はなし》を聞《き》いていた。季節外《きせつはず》れに転校《てんこう》してきた上に、父親《ちちおや》が緑色感冒《りよくしよくかんぼう》に侵《おか》されていることを知《し》らず、周囲《しゅうい》も母親《ははおや》から口止《くちど》めされているという。

「知《し》らないことがいいことなのか分《わ》からないわ。むしろ、あの子を見てると残酷《ざんこく》なことなんじゃないかって思《おも》う。」

蘇芳《すおう》はそんなふうに話《はな》していたっけ。

「例《れい》の子だね。いい子なの？」

光彦《てるひこ》は蘇芳《すおう》の隣《となり》に立つと、窓《まど》から吹《ふ》き込《こ》む風《かぜ》に目を細《ほそ》めた。

「うん。いい子なの。だから、余計《よけい》につらいわ。」

「教《おし》えてあげたら？」

「でも、子供《こども》の頃《ころ》に両親《りょうしん》が離婚《りこん》してるから、ほとんど父親《ちちおや》に関《かん》する記憶《きおく》がないの。光彦《てるひこ》ならどうする？　どう思《おも》う？　あまり覚《おぼ》えてない父親《ちちおや》のこと、説明《せつめい》してあげる？」

蘇芳《すおう》が真顔《まがお》で聞《き》いてくる。

その真剣《しんけん》な目つきから、本当《ほんとう》に悩《なや》んでいるのだと気付《きづ》いた。生半可《なまはんか》な気休めは言《い》えない。

「どうだろう。」

光彦《てるひこ》は考《かんが》え込《こ》む。

想像《そうぞう》もできなかった。光彦《てるひこ》には子供《こども》の頃《ころ》からの両親《りょうしん》の記憶《きおく》がちゃんとあるし、母《はは》が入院《にゅういん》するのだと聞《き》かされて、実際《じっさい》に家《いえ》の中から母親《ははおや》が消《き》えた時《とき》の喪失感《そうしつかん》は今《いま》も痛《いた》いくらいに鮮《あざ》やかな記憶《きおく》だ。そういう記憶《きおく》が一切《いっさい》ないのだとしたら。哀《かな》しい経験《けいけん》もなく、穏《おだ》やかな日常《にちじょう》を過《す》ごしているのだとしたら。

「どうだろう——知《し》らないほうがいいかもね。」

迷《まよ》いながら答《こた》えると、蘇芳《すおう》も「でしょ。」と溜息《ためいき》をついた。

ふと、思《おも》いついて光彦《てるひこ》は顔《かお》を上げた。

「しかもさ、ひょっとすると、その子、緑色感冒《りょくしょくかんぼう》のこと自体《じたい》知《し》らなかったりするんじゃないの？」

「そのとおり。」

蘇芳《すおう》は大きく頷《うなず》き、もう一度《いちど》深《ふか》く溜息《ためいき》をついた。

光彦《てるひこ》も最近《さいきん》になって知《し》ったのだが、世間的《せけんてき》には実《じつ》はもう緑色感冒《りょくしょくかんぼう》のパンデミックは過去《かこ》のことで、患者《かんじゃ》が激減《げきげん》し、封《ふう》じ込《こ》めが成功《せいこう》したとみなされていることで徐々《じょじょ》に忘《わす》れられているという。ここ十数年《すうねん》の風潮《ふうちょう》としては、むしろタブー視《し》されて、患者《かんじゃ》のことは極力《きょくりょく》口にしないのが一般的《いっぱんてき》だというのだ。

逆《ぎゃく》に言《い》えば、ここ夏流城《かなしろ》では、そのタブーを一手に引《ひ》き受《う》けているともいえる。患者《かんじゃ》の隔離《かくり》。患者《かんじゃ》の治療《ちりょう》。患者《かんじゃ》の家族《かぞく》に対《たい》するケア。病気《びょうき》に関《かん》する研究《けんきゅう》。このような場所《ばしょ》は、世界中《せかいじゅう》に何か所《なんしょ》もあって、どこも似《に》たような状況《じょうきょう》だそうだ。

夏流城《かなしろ》にとっては日常《にちじょう》で、いつもどこかで緑色感冒《りょくしょくかんぼう》の影《かげ》を感《かん》じているというのに。

脳裏《のうり》に、ぴょんぴょんと飛《と》び跳《は》ねるあいつの姿《すがた》が蘇《よみがえ》った。

それはもちろん、あいつの姿《すがた》を身近《みぢか》に目にしていることもあるのだろうが。

「あいつみたいなサバイバーって、どのくらいいるのかな。」

「世界中《せかいじゅう》にってこと?」

「うん。だって、日本にはあいつしかいないんだろう?」

「さあね。本当《ほんとう》は日本にも他《ほか》に数人《すうにん》いるみたいだけど、『夏《なつ》の人』みたいに表立《おもてだ》って活動《かつどう》してないだけじゃない? 世界中《せかいじゅう》だったら、もっと沢山《たくさん》いるそうよ。緑《りょく》色感冒《しょくかんぼう》について語《かた》る活動《かつどう》もしてるって。」

「ふうん。」

二人《ふたり》は黙《だま》り込《こ》んだ。

窓《まど》から吹《ふ》き込《こ》む初夏《しょか》の風《かぜ》は爽《さわ》やかで、明《あか》るい夏《なつ》の午後《ごご》はゆったりとして眠《ねむ》たげだ。こうしていると、お城《しろ》のこと、そこで死《し》にかけている親《おや》のことなど遠《とお》いまぼろしのようにしか思《おも》えない。

「そもそもさ、なんだってまたこんな面倒《めんどう》くさいことしなきゃなんないんだ?」

光彦《てるひこ》は天井《てんじょう》を見上げた。

「面倒《めんどう》くさいことって?」

蘇芳《すおう》が聞《き》き返《かえ》す。

彼女《かのじょ》の顔《かお》は逆光《ぎゃっこう》になってよく見えなかった。

「わざわざ夏休《なつやす》みに、子供《こども》たちだけ集《あつ》まって、あいつに先導《せんどう》されて、あいつにお城《しろ》につれてかれて、閉《と》じ込《こ》められに行《い》くんだぜ? 確《たし》かにいつ亡《な》くなるか分《わ》からないからそばで待機《たいき》するっていうのは分《わ》かるよ。だけど、それはどこにいたって同《おな》じだ。現《げん》に、夏流城《かなしろ》の市街地《しがいち》とあのお城《しろ》は、そんなにめちゃめちゃ遠《とお》いってわけでもない。夜中《よなか》だって明《あ》け方《がた》だって、電話《でんわ》で連絡《れんらく》してもらって車で駆《か》けつければいい。どのみち、僕《ぼく》たちは親《おや》に会《あ》えるわけじゃない。親《おや》だって、意識《いしき》の混濁《こんだく》が始《はじ》まっていれば、僕《ぼく》たちの姿《すがた》を見られるかどうかも分《わ》からない。それでも、わざわざあの城《しろ》に行《い》く理由《りゆう》は？」

蘇芳《すおう》が首《くび》をかしげるのが分《わ》かった。

「受《う》け入《い》れるためじゃないの？」

静《しず》かな声《こえ》が聞《き》こえる。

「受《う》け入《い》れる？」

光彦《てるひこ》が繰《く》り返《かえ》すと、逆光《ぎゃっこう》の中の蘇芳《すおう》の横顔《よこがお》が頷《うなず》いた。

「そうよ、あたしたちは親《おや》の死《し》に目《め》に会《あ》えない。会《あ》わせてもらえない。亡《な》くなったら遺体《いたい》は病理解剖《びょうりかいぼう》に回《まわ》され、研究《けんきゅう》に使《つか》われ、外《そと》に出ることなく焼却《しょうきゃく》される。でも、それって、よく考《かんが》えたら怖《こわ》いことだわ。」

蘇芳《すおう》が、言葉《ことば》だけでなく、ぶるっと身体《からだ》を震《ふる》わせるのを感《かん》じた。

こんなに暖《あたた》かい午後《ごご》なのに、ふと、一瞬《いっしゅん》冷《つめ》たいものが肌《はだ》をかすめる。

「だって、親《おや》がこの世《よ》からいなくなった、死《し》んでしまったということをどうやって実感《じっかん》するの？　どうやって確認《かくにん》するの？　どうすれば納得《なっとく》できる？　もしかして、まだどこかで生きてるんじゃないかって思《おも》うかもしれない。死《し》んでなんかいないって思《おも》い続《つづ》けるかもしれない。それっていいことなのかしら？　ううん、苦《くる》しいと思《おも》う。家族《かぞく》が行方不明《ゆくえふめい》のままで捜《さが》し続《つづ》けている人の話《はなし》を本で読《よ》んだことがある。そういう人たちは、みんな苦《くる》しんでいた。だから、やっぱり受《う》け入《い》れるための儀式《ぎしき》が必要《ひつよう》なんじゃないのかな。」

蘇芳《すおう》にしては珍《めずら》しく、声《こえ》に複雑《ふくざつ》な怒《いか》りに似《に》たものがこめられていたので、光彦《てるひこ》は圧倒《あっとう》された。

「そうかな。」

「そうよ。」

受《う》け入《い》れる。母親《ははおや》の死《し》を。

それは、近《ちか》い将来《しょうらい》に迫《せま》っているはずなのに、光彦《てるひこ》にとってまだまだ遠《とお》い、関係《かんけい》ない世界《せかい》のように思《おも》えた。

「それでも、やっぱりあいつのことは買《か》いかぶりだと思《おも》うよ。」

光彦《てるひこ》は気を取《と》り直《なお》して言《い》った。

「確《たし》かにサバイバーであることは凄《すご》いんだろうけど、なんであいつ、あんな格好《かっこう》してるんだよ。あれってあいつの趣味《しゅみ》？　それとも『夏《なつ》の人』の制服《せいふく》なわけ？」

ぶつぶつ光彦《てるひこ》が呟《つぶや》くと、蘇芳《すおう》が噴《ふ》き出《だ》した。

「確《たし》かに、その点《てん》だけは同意《どうい》する。あの趣味《しゅみ》はあんまりよね。」

「だろ？　おとぎ話《ばなし》から抜《ぬ》け出《だ》してきたようなカッコじゃん。」

「もしかして、彼《かれ》は彼《かれ》なりに演《えん》じてるんじゃないの、『夏《なつ》の人』を。」

「家《いえ》ではどんなカッコしてるんだろ。」

「案外《あんがい》、ジャージ姿《すがた》とかね。」

想像《そうぞう》するとおかしくなり、二人《ふたり》で声《こえ》を出して笑《わら》った。ようやく、肌寒《はださむ》さが消《き》えたような気がする。

「緑色感冒《りょくしょくかんぼう》にかかると姿《すがた》が変《か》わるっていうことは、あいつ、病気《びょうき》になる前《まえ》はあいう顔《かお》じゃなかったってこと？　前《まえ》はどんな姿《すがた》だったんだろ。」

蘇芳《すおう》がハッとした。

「そうね。考《かんが》えてみたこともなかった。すっかりあれを見慣《みな》れてるから。」

「姿《すがた》が変《か》わる変《か》わるって聞《き》いてるけど、実際《じっさい》に見たことないよね。写真《しゃしん》も公開《こうかい》されてないし。」

「確《たし》かに。」

「性格《せいかく》なんかも変《か》わっちゃうのかな。元《もと》からああいう性格《せいかく》だったのかなあ。」

常識的《じょうしきてき》に見て、変《か》わった性格《せいかく》のような気がする。とらえどころがなく、あっけらかんとして、ちょっと意地悪《いじわる》だ。

「それにあいつ、なんかおかしなこと言《い》ってた。僕《ぼく》に向《む》かって、あんた危《あぶ》ないとかなんとか。気をつけないと、カマキリに喰《く》われちゃうぞって。」

「カマキリ？」

蘇芳《すおう》が聞《き》きとがめた。

「カマキリに喰《く》われる？　『夏《なつ》の人』がそう言《い》ったの？」

その声《こえ》は真剣《しんけん》だった。蘇芳《すおう》は決《けっ》して「みどりおとこ」のことを「夏《なつ》の人」以外《いがい》の呼《よ》び方《かた》では呼《よ》ばない。

「うん。こーんな、カマキリみたいなポーズでさ。全身緑色《ぜんしんみどりいろ》だから、そのまんまカマキリみたいだった。正直《しょうじき》いって、怖《こわ》かった。」

光彦《てるひこ》は真似《まね》してみせた。

「ふうん。」

蘇芳《すおう》はじっと何《なに》かを考《かんが》えていた。

「それがどうしたの？」

なんだか不安《ふあん》になり、光彦《てるひこ》は恐《おそ》る恐《おそ》る聞《き》いてみた。

気《き》を付《つ》けないと、カマキリに喰《く》われちゃうわよ。

あの甲高《かんだか》い声《こえ》が脳裏《のうり》に蘇《よみがえ》る。

「えーと、変《へん》な噂《うわさ》を聞《き》いたことがあるの。あのお城《しろ》の辺《あた》りだけ、とても珍《めずら》しいカマキリがいるって。」

「珍《めずら》しいって、どういうふうに？」

「花を食《た》べるんだって。」

「花？　ハナカマキリっていうのがいるけど、それのこと？」

「ううん、違《ちが》う。ハナカマキリっていうのは、花に擬態《ぎたい》する、花びらに似《に》せた姿《すがた》をしてるカマキリのことよ。だけど、あのお城《しろ》のところにいるのは、本当《ほんとう》に花を食《た》べるんだって。こうして斧《おの》で花を摘《つ》み取《と》るようにするんで、片方《かたほう》の斧《おの》がもう片方《かたほう》より少《すこ》し長《なが》いらしいの。」

蘇芳《すおう》は手首《てくび》を返《かえ》して、何《なに》かを払《はら》うようにした。

その動《うご》きが、「みどりおとこ」の手の動《うご》きに重《かさ》なり、光彦《てるひこ》はなぜかゾッとした。

「見たことあるの？」

「ううん。それに、そのカマキリ、男子のほうにしかいないみたいよ。これまで男の子しか見たことがないって。」

「そんなことってあるかな。大して広《ひろ》くない場《ば》所《しょ》じゃない。土《ど》塀《べい》はあるけどさ。」

「だから、あくまでも噂《うわさ》だってば。誰《だれ》かが作《つく》った話《はなし》かもしれない。カマキリの生息域《せいそくいき》ってそんなに広《ひろ》くないみたいよ。そういう特殊《とくしゅ》な種類《しゅるい》だったら、もともと数《かず》が少《すく》ないし、あまり遠《とお》くまで行《い》かないんじゃない？」

「初《はじ》めて聞《き》いたな、そんな話《はなし》。」

「あたしもずいぶん前《まえ》に聞《き》いて、久《ひさ》しぶりに思《おも》い出《だ》した。誰《だれ》に聞《き》いたのかなあ。うーん、うちの親《おや》じゃないし。」

なんだか気味《きみ》が悪《わる》い。

光彦《てるひこ》は、明《あか》るい陽射《ひざ》しの中で、またしても肌寒《はださむ》さを覚《おぼ》えた。

なぜか目《め》の前《まえ》に、月光《げっこう》の下で花を斧《おの》で刈《か》り取《と》っているカマキリの姿《すがた》が繰《く》り返《かえ》し浮《う》かび、なかなかそのイメージが消《き》えてくれなかったのだ。

第三章

四人の少年《しょうねん》

そして、その日がやってきたのだ。

明《あか》るくて退屈《たいくつ》な、ある晴《は》れた日の夏《なつ》の朝《あさ》、光彦《てるひこ》は列車《れっしゃ》に乗《の》った。この陰鬱《いんうつ》なイベントに参加《さんか》する朝《あさ》も、世界《せかい》は普通《ふつう》に動《うご》いている。

蘇芳《すおう》に聞《き》いたところ、女子が来《く》るのは午後《ごご》らしい。案内《あんない》するのは「夏《なつ》の人」だから、午前《ごぜん》の部《ぶ》と午後《ごご》の部《ぶ》と二回《かい》に分《わ》けているのだろう。

のどかな田園風景《でんえんふうけい》の中を列車《れっしゃ》に揺《ゆ》られながら、光彦《てるひこ》はぼんやりと本のページを見つめていた。さっきから全《まった》く活字《かつじ》が頭《あたま》に入ってこない。すべてが他人事《ひとごと》のようで、目《め》の前《まえ》に流《なが》れる風景《ふうけい》も、自分《じぶん》が目にしているものとは思《おも》えないのだ。

列車《れっしゃ》が止《と》まった。

光彦《てるひこ》はハッとした。当然《とうぜん》のように扉《とびら》が開《ひら》き、外《そと》では一面《いちめん》に青く力強《ちからづよ》い稲《いね》が揺《ゆ》れている。

下りなきゃ。

のろのろと立ち上がった。

こんな何《なに》もないところで列車《れっしゃ》が止《と》まったというのに、他《ほか》の乗客《じょうきゃく》は何《なに》も不思議《ふしぎ》に思《おも》っていないように見える。単《たん》なる時間調整《じかんちょうせい》だと思《おも》っているのだろうか。だけど、ホームもないのに扉《とびら》は開《ひら》いている。そのことを不審《ふしん》に思《おも》わないのか？

それとも、みんな知《し》っていて知《し》らないふりをしているのか？

そう考《かんが》えると、少《すこ》し体温《たいおん》が下がったような気がした。

大人《おとな》はみんな知《し》っている――夏流城《かなしろ》の大人《おとな》たちは、何《なに》かを隠《かく》しているのではないだろうか？

そんな直感《ちょっかん》に打《う》たれて、光彦《てるひこ》は扉《とびら》のところで棒立《ぼうだ》ちになった。

いったい何《なに》を？

と、誰《だれ》かがひらりと飛《と》び降《お》りるのが視界《しかい》の隅《すみ》に見えた。小柄《こがら》で華奢《きゃしゃ》な少年《しょうねん》。慌《あわ》てて、光彦《てるひこ》も先にカバンを投《な》げ、続《つづ》いて飛《と》び降《お》りた。草地《くさち》がクッションになったものの、意外《いがい》に高《たか》さがあってちょっとヒヤリとする。

左右を見回《みまわ》すと、離《はな》れたところで同《おな》じく列車《れっしゃ》から飛《と》び降《お》りて、起《お》き上《あ》がる影《かげ》が二つあった。

あれ？

そのうちの一人《ひとり》に見覚《みおぼ》えがあることに気付《きづ》く。

卓也《たくや》？　大橋卓也《おおはしたくや》じゃないか？

光彦《てるひこ》は思《おも》わず小さく叫《さけ》び声《ごえ》を上げた。

大橋卓也《おおはしたくや》は近所《きんじょ》に住《す》んでいた幼馴染《おさななじみ》だったが、小学校高学年《こうがくねん》の時《とき》に両親《りょうしん》が離婚《りこん》して、おばあさんのところに引《ひ》っ越《こ》していたのだ。会《あ》うのは二年ぶりくらいになるだろうか。

あいつもお城《しろ》に招待《しょうたい》されていたなんて。

久《ひさ》しぶりに会《あ》えるのは嬉《うれ》しかったが、再会《さいかい》を喜《よろこ》ぶべき状況《じょうきょう》なのかどうか考《かんが》えると、複雑《ふくざつ》な心境《しんきょう》だった。

が、向《む》こうも光彦《てるひこ》に気付《きづ》いた。

「光彦《てるひこ》！」

大きく手を振《ふ》ってくる様子《ようす》は屈託《くったく》がなく、光彦《てるひこ》はなんとなくホッとした。笑《わら》って手を振《ふ》り返《かえ》す。

他《ほか》の二人《ふたり》は、びっくりしたようにこちらを見る。と、同時《どうじ》に後《うし》ろで列車《れっしゃ》の扉《とびら》が閉《し》まり、何事《なにごと》もなかったかのように列車《れっしゃ》が動《うご》き出《だ》した。

四人の少年《しょうねん》を田んぼの中に残《のこ》し、徐々《じょじょ》にスピードを上げて見る見るうちに小さくなっていく。

置《お》いていかれた。

不意《ふい》に、そんな不安《ふあん》を覚《おぼ》えて、光彦《てるひこ》は遠《とお》ざかる列車《れっしゃ》を見送《みおく》っていたが、やがてその姿《すがた》も見えなくなった。

後《あと》には、さやさやと稲《いね》の海《うみ》を渡《わた》る風《かぜ》と、遠《とお》くにとんびの声《こえ》がするだけだ。

四人は、なんとなく一か所《しょ》に集《あつ》まってきた。

互《たが》いの様子《ようす》を探《さぐ》るように頷《うなず》きあい、口の中でもごもごと挨拶《あいさつ》をする。

真《ま》っ先《さき》に飛《と》び降《お》りた小柄《こがら》な少年《しょうねん》は、女の子みたいに綺麗《きれい》な顔《かお》をしていた。色白《いろじろ》で、どことなく家《いえ》の中で飼《か》われている小動物《しょうどうぶつ》を連想《れんそう》させる。チワワとか、ハムスターとか。

もう一人《ひとり》、のっそりと大股《おおまた》で歩《ある》いてきたのはがっしりした身体《からだ》の大柄《おおがら》な少年《しょうねん》だ。やや垂《た》れ目《め》のせいか、おっとりした印象《いんしょう》を与《あた》える。先の小柄《こがら》な少年《しょうねん》に並《なら》ぶと、頭《あたま》ひとつ違《ちが》う。

そして、卓也《たくや》だ。最後《さいご》に会《あ》った時《とき》より背《せ》が伸《の》びて、たくましくなったようだ。

近視《きんし》なのか、以前《いぜん》はしていなかった眼鏡《めがね》を掛《か》けている。

「卓也《たくや》、久《ひさ》しぶり。」

光彦《てるひこ》は手を挙《あ》げて挨拶《あいさつ》した。

「まさかここで一緒《いっしょ》になるとはな。」

「君《きみ》ら、知《し》り合《あ》いなの？」

小柄《こがら》な少年《しょうねん》が卓也《たくや》と光彦《てるひこ》を交互《こうご》に見た。

「うん。幼馴染《おさななじみ》なんだ。俺《おれ》が引《ひ》っ越《こ》しちゃったもんで、会《あ》うのは久《ひさ》しぶりだけど。」

卓也《たくや》が答《こた》え、光彦《てるひこ》と顔《かお》を見合《みあ》わせた。

「二年ぶりくらいかな？」

「それくらいだな。」

「ふうん。すごい偶然《ぐうぜん》だね。」

小柄《こがら》な少年《しょうねん》は冷《さ》めた顔《かお》で呟《つぶや》いた。

見た目は小動物《しょうどうぶつ》だが、どうやら中身《なかみ》は結構《けっこう》鼻《はな》っ柱《ばしら》が強《つよ》いようである。

「お迎《むか》えはまだなのかなあ。」

大柄《おおがら》な少年《しょうねん》が、間延《まの》びした口調《くちょう》で周囲《しゅうい》を見回《みまわ》した。

こいつ、ちょっとトロそう。光彦《てるひこ》はそののんびりした声《こえ》からそう感《かん》じた。

「あれじゃないか。」

卓也《たくや》が遠《とお》くの一点《いってん》を指差《ゆびさ》した。

明《あか》るい陽射《ひざ》しの下、誰《だれ》かが田んぼの向《む》こうからやってくるのが見えた。見間違《みまちが》えようのない、緑色《みどりいろ》の人物《じんぶつ》。

なるほど、確《たし》かにこうして見ると、あれは紛《まぎ》れもなく「夏《なつ》の人」だな。そうとしか言《い》いようのない姿《すがた》だ。

光彦《てるひこ》はそんなことを考《かんが》えた。小さな旗《はた》を持《も》って、こちらにやってくる「みどりおとこ」。

「なんだよ、あの旗《はた》は。添乗員《てんじょういん》かよ。」

小柄《こがら》な少年《しょうねん》があきれたように呟《つぶや》いた。鼻《はな》っ柱《ぱしら》が強《つよ》いだけでなく、些《いささ》かシニカルな性格《せいかく》でもあるらしい。

ぽかんとして眺《なが》めているうちに、「みどりおとこ」は十メートルほど近《ちか》くまでやってくるとピタリと足を止《と》め、少年《しょうねん》たちに向《む》かってくいっと顎《あご》を動《うご》かしてみせた。

「ほら、ぼけっとしてないで、行《い》くわよ。」

そう言《い》い捨《す》てると、くるりと背《せ》を向《む》けて、来《き》た方角《ほうがく》にさっさと歩《ある》き始《はじ》める。

少年《しょうねん》たちは慌《あわ》てて後《うし》ろについていった。

なんだ、「みどりおとこ」は普通《ふつう》にも歩《ある》けるんだな。しかも、結構歩《けっこうある》くの、速《はや》いじゃん。背《せ》が高《たか》いんだから当然《とうぜん》と言《い》えば当然《とうぜん》か。

光彦《てるひこ》は内心《ないしん》そう呟《つぶや》きながら、早足で歩《ある》いていった。

一列《いちれつ》になってついていくのが精一杯《せいいっぱい》で、いつしか光彦《てるひこ》は息切《いきぎ》れしていた。

タフだな、「みどりおとこ」。

小高《こだか》い丘《おか》を越《こ》え、雑木林《ぞうきばやし》に入る。

それまで遮《さえぎ》るもののない明《あか》るい田んぼの中を歩《ある》いていただけに、一瞬真《いっしゅんま》っ暗《くら》になって辺《あた》りが見えなかった。

うん？

光彦《てるひこ》は身体《からだ》が強張《こわば》るのを感《かん》じた。

なんだろう、これは。

目を慣《な》らそうと瞬《まばた》きをするが、かすかな木漏《こも》れ日《び》にばかり目がいって、林の中の様子《ようす》はよく見えない。

視線《しせん》を感《かん》じる——誰《だれ》かが見ている。そんな気がしたのだ。

きょろきょろしていたが、結局《けっきょく》、目が慣《な》れないうちに雑木林《ぞうきばやし》を出てしまい、林の中に誰《だれ》かがいたのか、本当《ほんとう》に誰《だれ》かに見られていたのかは分《わ》からなかった。

丘《おか》を下りると、そこは広《ひろ》い川べりだった。

水量《すいりょう》は多《おお》く、水は濃《こ》い碧色《みどりいろ》をしている。流《なが》れはゆっくりで、底《そこ》は見えなかった。

「みどりおとこ」は一目散《いちもくさん》に小さな船着場《ふなつきば》に向《む》かい、古《ふる》いボートに乗《の》り込《こ》んだ。

もちろん、少年《しょうねん》たちも続《つづ》く。

「みどりおとこ」は無言《むごん》でボートを漕《こ》ぎ始《はじ》めた。

船着場《ふなつきば》を離《はな》れると、いよいよ引《ひ》き返《かえ》すことができないという実感《じっかん》が湧《わ》いてくる。

ふと、光彦《てるひこ》は、午後《ごご》に蘇芳《すおう》たちとやってくるという、何《なに》も夏流城《かなしろ》の事情《じじょう》を知《し》らない、緑色感冒《りょくしょくかんぼう》のことすら知《し》らない女の子のことを思《おも》い浮《う》かべた。

何《なに》も知《し》らないで、こんなところにやってきたら、さぞかし戸惑《とまど》うだろうな。蘇《す》芳《おう》もたいへんだ。いったいどうやってごまかすのだろう。

光彦《てるひこ》は、その女の子にも、蘇芳《すおう》にも同情《どうじょう》した。

ボートはゆっくりと、しかし着実《ちゃくじつ》に進《すす》んでいく。

「みどりおとこ」がボートを漕《こ》ぐ、ぎい、ぎい、という音だけが辺《あた》りに響《ひび》き渡《わた》っていた。

四人の少年《しょうねん》たちも、無言《むごん》だった。

互《たが》いの顔《かお》を見ようともせずに、じっと水面《すいめん》や膝《ひざ》に目を落《お》としている。

卓也《たくや》と話《はな》したいことはいろいろあったが、なんとなくボートの中で会話《かいわ》をする気にはなれなかった。

前方《ぜんぽう》に、こんもりとした緑色《みどりいろ》の丘《おか》が見えてきた。

あそこか。

話《はなし》にはさんざん聞《き》いてきたが、実際《じっさい》に目にするのは初《はじ》めてだった。

あそこで過《す》ごすのだ。いたたまれない、ひたすら待《ま》つだけの時間《じかん》を。

光彦《てるひこ》は、叫《さけ》び出《だ》したいような衝動《しょうどう》に駆《か》られた。

割《わ》れんばかりの声《こえ》を振《ふ》り絞《しぼ》り、「あんなところ行《い》きたくない。」と叫《さけ》びたい。

「――行《い》きたくないな、あんなとこ。」

まるで、光彦《てるひこ》の心《こころ》を読《よ》み取《と》ったかのように、隣《となり》に座《すわ》っていた小柄《こがら》な少年《しょうねん》が吐《は》き捨《す》てるように呟《つぶや》いた。

光彦《てるひこ》は思《おも》わず彼《かれ》の顔《かお》を見る。

少年《しょうねん》は、無表情《むひょうじょう》だった。

「みどりおとこ」は聞《き》こえているのかいないのか、ボートを漕《こ》ぐことに専念《せんねん》している。

「あれがお城《しろ》のあるところなんだな。」

大柄《おおがら》な少年《しょうねん》が、やはりどこか間延《まの》びした口調《くちょう》で言《い》った。

「ちっとも建物《たてもの》が見えないけど、どこにあるんだ?」

「お城《しろ》と言《い》っても、シンデレラ城《じょう》みたいなのとか、天守閣《てんしゅかく》みたいなのを想像《そうぞう》しちゃダメだよ。」

小柄《こがら》な少年《しょうねん》が不機嫌《ふきげん》そうな声《こえ》で呟《つぶや》く。

「え、違《ちが》うの？　みんながお城《しろ》お城《しろ》って言《い》うから、おっきな建物《たてもの》をイメージしてたんだけどな。」

大柄《おおがら》な少年《しょうねん》は、一拍置《いっぱくお》いてから驚《おどろ》いた顔《かお》をした。

やっぱり、こいつ、ちょっと鈍《にぶ》い。

小柄《こがら》な少年《しょうねん》は首《くび》を振《ふ》った。

「違《ちが》う。城《しろ》っていうより、古代遺跡《こだいいせき》みたい。平《ひら》べったい石造《いしづく》りの建物《たてもの》が丘《おか》に沿《そ》って並《なら》んでるだけ。ほとんどが平屋建《ひらやだ》てだ。壁《かべ》も屋根《やね》もツタが覆《おお》ってて、ほとんど丘《おか》と一体化《いったいか》してる。特《とく》に、夏《なつ》のこの時期《じき》はね。」

その口ぶりに、誰《だれ》もが同《おな》じ疑問《ぎもん》を抱《いだ》いたようだ。

「おまえ、来《き》たことがあるのか？」

卓也《たくや》が少年《しょうねん》の顔《かお》を覗《のぞ》き込《こ》んだ。

「ああ。前《まえ》にも一度《ど》、ね。」

少年《しょうねん》は歪《ゆが》んだ笑《え》みを浮《う》かべる。

前《まえ》にも一度来《どき》た。つまり、同《おな》じ体験《たいけん》を彼《かれ》は過去《かこ》にしているということだ。光彦《てるひこ》は蘇芳《すおう》の顔《かお》を思《おも》い浮《う》かべた。蘇芳《すおう》も二度目《どめ》だ。つまり、家族《かぞく》を二度失《どうしな》うことを意味《いみ》している。

再《ふたた》び、みんなは黙《だま》り込《こ》んでしまった。

ボートは丘《おか》に近付《ちかづ》き、「みどりおとこ」は慣《な》れた手つきで向《む》こう岸《ぎし》の船着場《ふなつきば》に寄《よ》せた。

「はい、下りて下りて。」

少年《しょうねん》たちを急《せ》きたてて、「みどりおとこ」は再《ふたた》び歩《ある》き出《だ》した。

でこぼこした岩山《いわやま》が聳《そび》えているが、高《たか》い塀《へい》に囲《かこ》まれて何《なに》も見えない。古《ふる》い土塀《どべい》は見渡《みわた》す限《かぎ》りどこまでも続《つづ》いている。

「――まるで刑務所《けいむしょ》みたいだろ?」

小柄《こがら》な少年《しょうねん》が光彦《てるひこ》に向《む》かって囁《ささや》いた。

「確《たし》かに。」

光彦《てるひこ》も同意《どうい》する。

「僕《ぼく》らもここで隔離《かくり》されるってわけさ。」

その目は昏《くら》く光《ひか》っているように見える。

「どうして？」

光彦《てるひこ》は声《こえ》を潜《ひそ》め、聞《き》き返《かえ》した。

「分《わ》からない。だけど、変《へん》だよね。わざわざこうして、患者《かんじゃ》の家族《かぞく》がこんなところに閉《と》じ込《こ》められるなんて。」

少年《しょうねん》の乾《かわ》いた声《こえ》は、光彦《てるひこ》の不安《ふあん》を増幅《ぞうふく》させた。

さっき雑木林《ぞうきばやし》で感《かん》じた視線《しせん》。肌《はだ》を刺《さ》すような何《なに》か。

「はいはい、そこ、無駄口《むだぐち》叩《たた》かずに早く通《とお》る。」

「みどりおとこ」がこちらを見ていた。

光彦《てるひこ》たちは肩《かた》をすくめ、「みどりおとこ」が立っている門《もん》のところに急《いそ》ぐ。

塀《へい》の向《む》こうにあるのも塀《へい》だ。しかも、その塀《へい》とのあいだに幅《はば》の広《ひろ》いお濠《ほり》がある。

幅《はば》が広《ひろ》いだけでなく、結構深《けっこうぶか》い。

そこに、小さな木の橋《はし》が渡《わた》してある。

欄干《らんかん》はあるが、載《の》せてあるだけの簡単《かんたん》な古《ふる》い橋《はし》だった。地面《じめん》に引《ひ》きずった痕《あと》があるところを見ると、動《うご》かせるようだ。どちらかの岸《きし》に橋《はし》を引《ひ》っ張《ば》ってしまえば、渡《わた》ることはできない。

少年《しょうねん》の言《い》った「隔離《かくり》」という単語《たんご》が頭《あたま》に大きく浮《う》かんでくる。

もちろん、このお城《しろ》は病棟《びょうとう》でもあるわけだから、緑色感冒《りょくしょくかんぼう》の感染防止《かんせんぼうし》のために、市街地《しがいち》から離《はな》して厳重《げんじゅう》に囲《かこ》い込《こ》みが為《な》されていることは知《し》っている。封《ふう》じ込《こ》めはしたものの、今《いま》なお強《つよ》い感染力《かんせんりょく》があるという話《はなし》を聞《き》いたこともある。これはそのための措置《そち》なのだろう。

しかし、分《わ》かってはいても、こうして橋《はし》を外《はず》せるお濠《ほり》を越《こ》えるとなると、得体《えたい》の知《し》れない不安《ふあん》を感《かん》じるなと言《い》っても無理《むり》だ。どう考《かんが》えても、ここからおいそれと出ていけそうにない。

二つ目の門《もん》の鍵《かぎ》を開《あ》けた「みどりおとこ」に続《つづ》いて門《もん》をくぐると、そこでやっと開《ひら》けたところに出た。

ふわりと甘《あま》い匂《にお》いのする風《かぜ》を身体《からだ》に感《かん》じる。

そこは広《ひろ》い庭《にわ》のようになっていて、正面《しょうめん》にツタに覆《おお》われた低《ひく》い建物《たてもの》が見えた。石造《いしづく》りで屋根《やね》も低《ひく》い。大きな茂《しげ》みがあり、小さな白い花がぽつぽつと咲《さ》いていた。その向《む》こう側《がわ》は見えないけれど、そちらにも広《ひろ》い空間《くうかん》が広《ひろ》がっている気配《けはい》がある。

「ようこそ、夏《なつ》のお城《しろ》へ。」

「みどりおとこ」はおおげさなポーズでお辞儀《じぎ》をしてみせた。

「ごゆっくり。中の様子《ようす》は、あんたが知《し》ってるわね？」

「みどりおとこ」は小柄《こがら》な少年《しょうねん》に目をやった。

「一応《いちおう》は。」

少年《しょうねん》は硬《かた》い声《こえ》で認《みと》めた。

「じゃあ、中に入って。分《わ》からないことがあったら、食堂《しょくどう》に規則本《きそくぼん》があるからそれを見るように。食糧《しょくりょう》は、二日《ふつか》に一度《いちど》差《さ》し入《い》れるわ。何《なに》か必要《ひつよう》なものがあったらメモを。」

どうやら、「みどりおとこ」は一緒《いっしょ》に中には入らないようだ。

そうか、女子も迎《むか》えに行《い》かなきゃならないんだもんな。

腕時計《うでどけい》を見ると、列車《れっしゃ》を下りてからもう二時間《じかん》近《ちか》くが経《た》っている。

光彦《てるひこ》は、さっさと引《ひ》き返《かえ》していく「みどりおとこ」を見送《みおく》った。

「みどりおとこ」はたった今《いま》入ってきた門《もん》から出ると、バタンと扉《とびら》を閉《し》めた。向《む》こう側《がわ》でガチャリと鍵《かぎ》を掛《か》ける音がやけに大きく響《ひび》く。

なんとなく思《おも》わず振《ふ》り向《む》いた光彦《てるひこ》はギョッとした。

通常《つうじょう》、門《もん》というのは、中に入ってからかんぬきを掛《か》けたりして、鍵《かぎ》を掛《か》けるものだ。しかし、この門《もん》には内側《うちがわ》には何《なに》も付《つ》いていない。

「えっ。これって――この門《もん》って。」

光彦《てるひこ》は思《おも》わず門《もん》に走《はし》り寄《よ》って押《お》してみた。びくともしない、頑丈《がんじょう》な門扉《もんぴ》である。

「だから、言《い》ったろ。」

すっかり耳慣《みみな》れた、冷《さ》めた声《こえ》がした。

「ここの門《もん》は、内側《うちがわ》からは開《あ》けられないんだよ。」

声《こえ》と同《おな》じく、冷《さ》めた表情《ひょうじょう》の少年《しょうねん》が光彦《てるひこ》を見ている。光彦《てるひこ》は混乱《こんらん》した。

「でも、何《なに》かあったらどうするんだ？」

「何《なに》かって？」

大柄《おおがら》な少年《しょうねん》がのんびり尋《たず》ねる。

「いや、分《わ》からないけど、事故《じこ》とかあって、ここを出なきゃならない状況《じょうきょう》になるかもしれないだろ？」

光彦《てるひこ》が口ごもると、小柄《こがら》な少年《しょうねん》が薄《うす》く笑《わら》った。

「だからさ、そういう場合《ばあい》は想定《そうてい》されてないんだよ。僕《ぼく》らは、自分《じぶん》の意志《いし》ではここから出られないのさ。」

「そんな。」

光彦《てるひこ》は絶句《ぜっく》してしまった。

「ま、さすがに事故《じこ》でもあったら、誰《だれ》か大人《おとな》が来《く》るだろ。中に入ろうよ。」

小柄《こがら》な少年《しょうねん》は、すたすたと歩《ある》き出《だ》すと目《め》の前《まえ》の建物《たてもの》の木の扉《とびら》を開《あ》けた。重《おも》たそうに見えた扉《とびら》は、あっさりと開《ひら》いた。

こちらには鍵《かぎ》が掛《か》かっていない。

中に入ると、薄暗《うすぐら》いものの空気は乾《かわ》いていて、きちんと掃除《そうじ》されているようだった。

そこは広《ひろ》い土間《どま》で、奥《おく》のほうに階段《かいだん》がある。

大きな窓《まど》が開《あ》け放《はな》してあって、そこから爽《さわ》やかな風《かぜ》が吹《ふ》き込《こ》んでいた。四角《しかく》く切《き》り取《と》られた外《そと》の風景《ふうけい》が眩《まぶ》しい。

夏《なつ》にしか使《つか》わないためか、至《いた》って開放的《かいほうてき》な造《つく》りである。

「どこが俺《おれ》たちの住《す》む部屋《へや》になるんだろう。」

卓也《たくや》が奥《おく》のほうを見上げた。丘《おか》の斜面《しゃめん》に沿《そ》って建物《たてもの》が造《つく》られているせいで、中は少《すこ》しずつ上がっていくようになっている。

「ずっと登《のぼ》っていくと回廊《かいろう》に出て、その先だよ。」

小柄《こがら》な少年《しょうねん》は勝手知《かってし》ったる様子《ようす》で階段《かいだん》を上がっていく。

「ふうん。」

他《ほか》の三人は、初《はじ》めて入るお城《しろ》の中をきょろきょろと見回《みまわ》していた。

洋風《ようふう》でもあり、和風《わふう》でもあり。ちょっと浮世離《うきよばな》れした雰囲気《ふんいき》のある場所《ばしょ》である。


「なんだ、これ。」


突然《とつぜん》、鋭《するど》い声《こえ》が降《ふ》ってきた。

「何《なに》が？」

三人はぞろぞろと階段《かいだん》を上がっていく。

階段《かいだん》を上がったところに受付《うけつけ》のような広《ひろ》い部屋《へや》があった。

そこの真《ま》ん中《なか》に木のカウンターがあり、小柄《こがら》な少年《しょうねん》はその前《まえ》で棒立《ぼうだ》ちになっている。

「何《なに》かした？」

他《ほか》の三人は少年《しょうねん》の脇《わき》に立ち、彼《かれ》が見ているものに気付《きづ》き、凍《こお》りついた。

ひまわりの花。

カウンターの上に並《なら》べてあったのは、首《くび》のところをぽっきりと切《き》りとられた、大きなひまわりの花だった。少《すこ》し枯《か》れかけていて、黄色《きいろ》い花弁《かべん》のところどころが茶色《ちゃいろ》く縮《ちぢ》まっている。

四つのひまわりの花がきちんと等間隔《とうかんかく》に並《なら》べられているところは、まるで生首《なまくび》が並《なら》んでいるようだった。

「なんだ、これ。」

「歓迎《かんげい》の挨拶《あいさつ》か？　あるいは、歓迎《かんげい》されてない挨拶《あいさつ》か？」

小柄《こがら》な少年《しょうねん》が呟《つぶや》く。

「四つ——俺《おれ》たちの人数《にんずう》だ。分《わ》かってて？」

卓也《たくや》が首《くび》をかしげる。

「俺《おれ》たちの他《ほか》に、誰《だれ》か先に来《き》てたのかな？」

大柄《おおがら》な少年《しょうねん》が、こんな状況《じょうきょう》なのに、やはり間延《まの》びした声《こえ》でそう言《い》うと辺《あた》りを見《み》回《まわ》した。

「まさか。僕《ぼく》たちだけのはずだ。」

小柄《こがら》な少年《しょうねん》はゆっくりと首《くび》を振《ふ》った。

「じゃあ、誰《だれ》が？」

光彦《てるひこ》は、自分《じぶん》がそう言《い》うのを他人《たにん》の声《こえ》のように聞《き》いていた。

階段《かいだん》の下から吹《ふ》き上《あ》げてくる風《かぜ》が、カウンターの上に並《なら》んだひまわりの花弁《かべん》を、カサカサと動《うご》かしている。

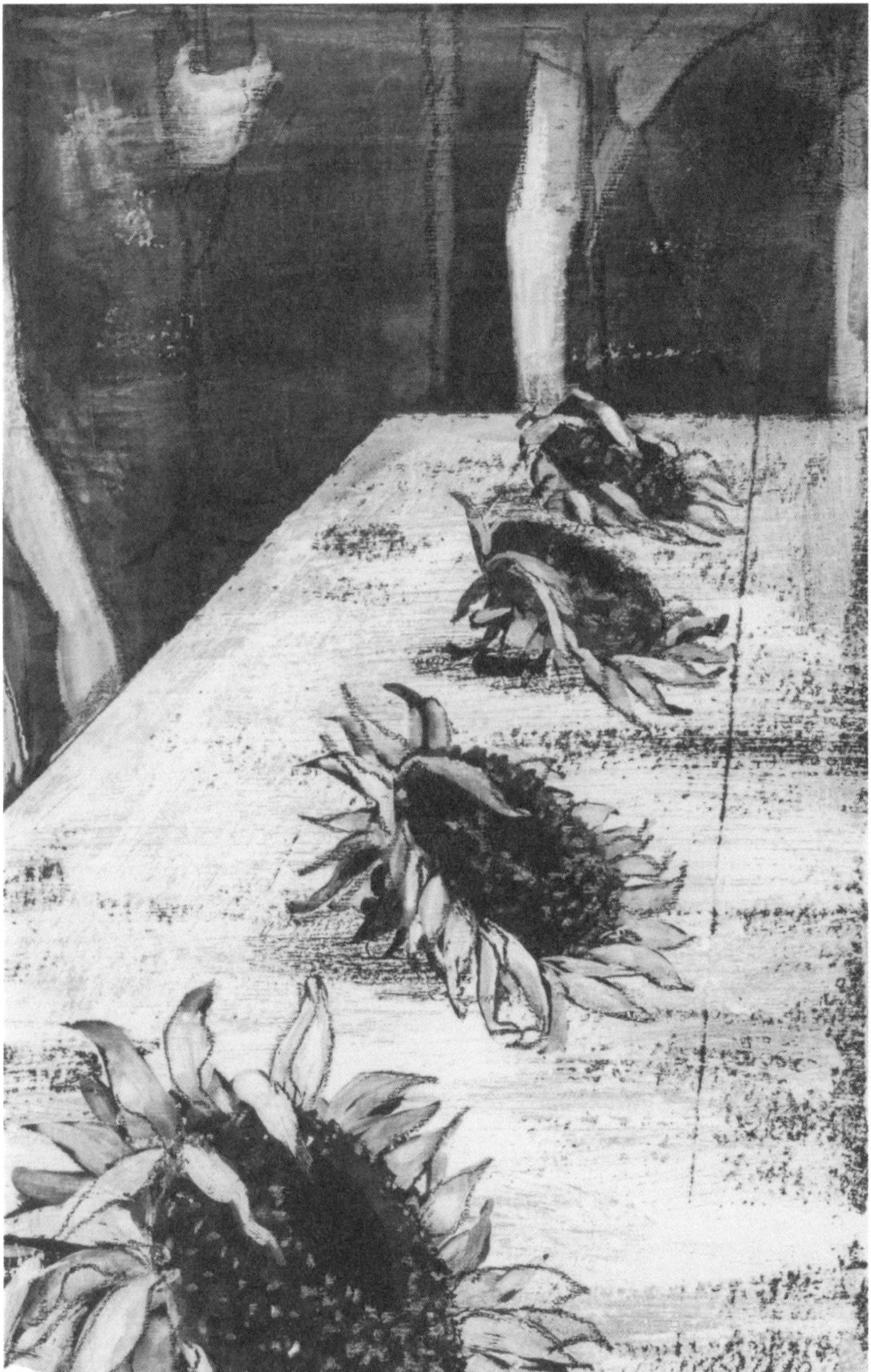

第四章

花の影《かげ》

そんなふうにして、不穏《ふおん》な幕開《まくあ》けから彼《かれ》らの「夏《なつ》の城《しろ》」での生活《せいかつ》は始《はじ》まった。

むろん、誰《だれ》がひまわりの花を並《なら》べておいたのかは分《わ》からない。

気味《きみ》が悪《わる》かったので、すぐに捨《す》ててしまったが、あの生首《なまくび》が並《なら》んでいるような印象《いんしょう》は、各人《かくじん》の中にしっかり焼《や》きついてしまっていた。

光彦《てるひこ》が、「誰《だれ》かが隠《かく》れてるかもしれないから、中を見《み》て回《まわ》ろう。」と提案《ていあん》すると、みんながすぐに承知《しょうち》したのも、そのせいだったろう。

だが、中は結構広《けっこうひろ》い。なだらかな丘陵《きゅうりょう》に沿《そ》って建物《たてもの》が点在《てんざい》し、死角《しかく》も多《おお》い。もし誰《だれ》かが隠《かく》れていたとしても、四人が一緒《いっしょ》に動《うご》き回《まわ》ったら、少《すこ》しずつ隠《かく》れる場所《ばしょ》を変《か》えればバレないのではないか。二手《ふたて》に分《わ》かれよう、と提案《ていあん》したのは小柄《こがら》な少《しょう》年《ねん》――丹羽幸正《にわゆきまさ》だった。

嘉納光彦《かのうてるひこ》が幼馴染《おさななじみ》の大橋卓也《おおはしたくや》と組《く》み、丹羽幸正《にわゆきまさ》が大柄《おおがら》でおっとりした唯野耕介《ただのこうすけ》と組んだのは、自然《しぜん》なりゆきだった。

「考《かんが》えてみれば、結構《けっこう》ここ、無防備《むぼうび》だよな。開放的《かいほうてき》な造《つく》りだし。」

卓也《たくや》がおっかなびっくり、といった様子《ようす》で辺《あた》りを見回《みまわ》した。

さやさやと吹《ふ》き抜《ぬ》ける風《かぜ》。明《あか》るい夏《なつ》の午後《ごご》なのに、どこかひんやりとしたものを感《かん》じるのは気のせいだろうか。

「うん。でも、あれだけ何重《なんじゅう》にも外部《がいぶ》から遮断《しゃだん》されてるってことは、この中に誰《だれ》もいなければ、侵入《しんにゅう》もできないってことになる。」

「じゃあ、もし誰《だれ》もいなければ、あのひまわりは、やっぱ、単《たん》に歓迎《かんげい》の印《しるし》ってことか？　ここを準備《じゅんび》したスタッフが並《なら》べておいたわけ？　些《いささ》か趣味《しゅみ》は悪《わる》いけど。」

「かもね。」

光彦《てるひこ》には、あれがスタッフの用意《ようい》したものだとは思《おも》えなかった。あんな、これみよがしに置《お》かれた、悪意《あくい》に満《み》ちた夏《なつ》の花。あれが歓迎《かんげい》の挨拶《あいさつ》だなんて。

敷地《しきち》内《ない》を歩《ある》き回《まわ》ってみたが、一目《ひとめ》で誰《だれ》もいないと見《み》て取《と》れた。物置小屋《ものおきごや》やボート小屋《ごや》も覗《のぞ》いてみたが、どこもがらんとしていて人気はない。林や庭木《にわき》の茂《しげ》みも歩《ある》いてみたが、誰《だれ》かが隠《かく》れていたような痕跡《こんせき》も見つからなかった。

「いなさそうだな。」

卓也《たくや》がホッとしたように中途半端《ちゅうとはんぱ》な笑《え》みを浮《う》かべた。

「みたいだね。」

光彦《てるひこ》も内心安堵《ないしんあんど》しつつ、目は水路《すいろ》の場《ば》所《しょ》を確認《かくにん》していた。

「みんなで見《み》て回《まわ》ろう。」と提案《ていあん》したのは、敷地《しきち》の中を流《なが》れる水路《すいろ》がどこで土塀《どべい》をぐるか確《たし》かめたかったからでもあった。

佐藤蘇芳《さとうすおう》から待《ま》ち合《あ》わせの場所《ばしょ》として指定《してい》されたのは、水路《すいろ》が土塀《どべい》をくぐり、女子の居住区域《きょじゅうくいき》との境目《さかいめ》になるところだと聞《き》いていたからである。

幅《はば》一メートルほどの水路《すいろ》は、うねうねと蛇行《だこう》しつつ敷地内《しきちない》を縦横《じゅうおう》に走《はし》っていた。

「あ。花が。」

卓也《たくや》が小さく叫《さけ》び声《ごえ》を上げた。

目《め》の前《まえ》の水路《すいろ》を、白い花が流《なが》れていく。

流《なが》れは結構速《けっこうはや》くて、たちまち見えなくなった。

「あれが、その。」

卓也《たくや》はそう言《い》いかけて止《や》め、ちらっと光彦《てるひこ》のほうを見てから口をつぐんだ。

光彦《てるひこ》は無言《むごん》で頷《うなず》いた。

あの花は、誰《だれ》かが流《なが》しているのだ——緑色感冒《りょくしょくかんぼう》の死者《ししゃ》が出る度《たび》に。

ひとつの花が一人《ひとり》の死者《ししゃ》を表《あらわ》す。白い花なら男性《だんせい》、赤い花なら女性《じょせい》だという印《しるし》。

いつからそんな習慣《しゅうかん》が始《はじ》まったのかは知《し》らないが、なんとも物悲《ものがな》しい。

流《なが》れ去《さ》る花が、文字《もじ》通《どお》り命尽《いのちつ》きてこの世《よ》から消《き》えてしまう肉体《にくたい》のように思《おも》えてくる。

今《いま》、お母《かあ》さんはどんな状態《じょうたい》なのだろう？　いったいどんな姿《すがた》をしているのだろう？

どうしてもそう考《かんが》えずにはいられない。

いくら異形《いぎょう》な姿《すがた》になってしまうとはいえ、一目だけでも会《あ》わせてくれたっていいのに。

患者《かんじゃ》の側《がわ》からは、マジックミラー越《ご》しに子供《こども》たちの姿《すがた》が見えるらしいが、こちらから患者《かんじゃ》の姿《すがた》を見ることはできない。どれほど恐《おそ》ろしい姿《すがた》なのだろう？　会《あ》ったことを後悔《こうかい》するような姿《すがた》だというのか？

背筋《せすじ》が寒《さむ》くなった。

そして、なぜか「みどりおとこ」の姿《すがた》が目に浮《う》かんだ。

ベッドに横《よこ》たわっているお母《かあ》さんが、いつのまにか「みどりおとこ」になってしまっているというイメージが。

それは、奇妙《きみょう》で滑稽《こっけい》なイメージだった。

「みどりおとこ」になってしまったお母《かあ》さん。

ふと、ある考《かんが》えが頭《あたま》に浮《う》かんだ。

緑色感冒《りょくしょくかんぼう》のサバイバーはみんな「みどりおとこ」になってしまう。実《じっ》は、「みどりおとこ」は一人《ひとり》ではなく、本当《ほんとう》は大勢《おおぜい》の「みどりおとこ」が存在《そんざい》しているのだ。「みどりおとこ」になると、以前《いぜん》の記憶《きおく》はなくなってしまう。どの患者《かんじゃ》も末期《まっき》にはみんな同《おな》じ姿《すがた》になってしまうので、関係者《かんけいしゃ》に患者《かんじゃ》の姿《すがた》を見せないのだ——

「戻《もど》ろうぜ。」

卓也《たくや》につつかれ、光彦《てるひこ》はハッとした。

今《いま》、変《へん》なこと考《かんが》えたなあ。

光彦《てるひこ》は、水路《すいろ》の先にある土塀《どべい》のほうを振《ふ》り返《かえ》りながら首《くび》をかしげた。

あんなのがいっぱいいいたら、気持《きも》ち悪《わる》いよなあ。

自分《じぶん》の想像《そうぞう》に苦笑《くしょう》する。

だけど、いったい「みどりおとこ」って幾《いく》つなんだろう。いつの時代《じだい》からいるんだろう。全然歳《ぜんぜんとし》を取《と》らないように見えるけど、どうしてなんだろう。

次々《つぎつぎ》と湧《わ》いてくる疑問《ぎもん》にぼんやりしつつ、最初《さいしょ》に集《あつ》まった場所《ばしょ》に戻《もど》ると、もう幸正《ゆきまさ》と耕介《こうすけ》がいて、お茶《ちゃ》を飲《の》んでいた。

「誰《だれ》も怪《あや》しい奴《やつ》はいなかったよ。」

幸正《ゆきまさ》が平然《へいぜん》と言《い》う。

「ああ。こっちも、誰《だれ》もいなかった。思《おも》ったより、隠《かく》れられるような場所《ばしょ》がなかったな。」

卓也《たくや》が答《こた》える。

耕介《こうすけ》が、湯飲《ゆの》みにお茶《ちゃ》を入れて渡《わた》してくれる。

熱《あつ》いほうじ茶《ちゃ》が、汗《あせ》ばんだ身体《からだ》に美味《おい》しく感《かん》じた。

「それじゃあ、各自《かくじ》部屋《へや》にチェックインしようか。夏流城《かなしろ》ホテルに。」

幸正《ゆきまさ》が欠伸《あくび》をした。

「部屋割《へやわ》りはどうする？」

「くじ引《び》きかな。」

適当《てきとう》にあみだくじを作《つく》り、部屋番号《へやばんごう》を書《か》いて振《ふ》り分《わ》ける。

「じゃ、行《い》くか。」

幸正《ゆきまさ》が荷物《にもつ》を取《と》り上《あ》げようとするのを、光彦《てるひこ》が手を上げて止《と》めた。

「スケジュールはどうする。一応《いちおう》、勉強《べんきょう》しなきゃなんないんだよな？」

「どうせ全部自習《ぜんぶじしゅう》だろ。鐘《かね》が一回鳴《かいな》ったら、食堂《しょくどう》に集合《しゅうごう》。鐘《かね》が三回鳴《かいな》ったらお地蔵《じぞう》さんのところに集《あつ》まる。これだけ分《わ》かってりゃ十分《じゅうぶん》さ。」

前《まえ》に経験《けいけん》しているだけに、幸正《ゆきまさ》は慣《な》れた感《かん》じで、あっさりしたものだ。

「鐘《かね》が三回鳴《かいな》ったら——？」

耕介《こうすけ》が戸惑《とまど》った声《こえ》を出した。

幸正《ゆきまさ》は無表情《むひょうじょう》に耕介《こうすけ》を見上げる。身体《からだ》は小さいのに、幸正《ゆきまさ》のほうが圧倒的《あっとうてき》に迫力《はくりょく》がある。

「誰《だれ》かの親《おや》が危《あぶ》ないってことさ。自分《じぶん》の家族《かぞく》の患者番号《かんじゃばんごう》、知《し》ってるだろ？　お地蔵《じぞう》さんの後《うし》ろに番号《ばんごう》が出る。意識《いしき》の混濁《こんだく》が始《はじ》まると、その番号《ばんごう》の患者《かんじゃ》が、マジックミラー越《ご》しに家族《かぞく》に会《あ》いに来《く》る。」

耕介《こうすけ》は青ざめ、黙《だま》り込《こ》んだ。

光彦《てるひこ》も、蘇芳《すおう》から話《はなし》は聞《き》いていたものの、実際《じっさい》にその立場《たちば》になってみると、ずっしりと胸《むね》にこたえるものがあった。

「ところで、その鐘《かね》って誰《だれ》が鳴《な》らしてんの？」

卓也《たくや》が尋《たず》ねる。

「食堂《しょくどう》の鐘《かね》を鳴《な》らすのは僕《ぼく》たち。飯《めし》の合図《あいず》だからな。食事当番《しょくじとうばん》、どうする？」

「四人しかいないんだから、全員《ぜんいん》でやったほうが早いだろ。」

「それもそうだな。じゃあ、特《とく》に食事《しょくじ》の時《とき》に鐘《かね》鳴《な》らすことないな。朝飯《あさめし》八時《じ》、昼飯《ひるめし》十二時《じ》、夕飯《ゆうめし》六時《じ》でどうだ？　三十分前《ぷんまえ》に集合《しゅうごう》して飯作《めしつく》るってことで。」

幸正《ゆきまさ》は腕時計《うでどけい》を見た。

誰《だれ》にも異論《いろん》はない。

「OK。」

「あ、でも、もしみんなに招集《しょうしゅう》を掛《か》けたい時《とき》は、鐘《かね》を一回《かい》鳴《な》らすってことになってる。」

「招集《しょうしゅう》？」

「何《なに》かあって、全員《ぜんいん》を食堂《しょくどう》に集《あつ》めたい時《とき》さ。」

幸正《ゆきまさ》はさらりと言《い》ったが、光彦《てるひこ》は緊張《きんちょう》した。

招集《しょうしゅう》。そんな機会《きかい》、あるのかな。あるとしたら、いったいどんな時《とき》なんだろう？

「三回《かい》の鐘《かね》は誰《だれ》が？」

卓也《たくや》がもう一度《いちど》尋《たず》ねる。幸正《ゆきまさ》は肩《かた》をすくめた。

「病院《びょういん》に決《き》まってるだろ。僕《ぼく》たちには患者《かんじゃ》の容態《ようだい》は分《わ》からないんだから。」

「ふうん。そうか――病院《びょういん》ね。」

卓也《たくや》は、何事《なにごと》か考《かんが》え込《こ》む表情《ひょうじょう》になる。

「俺《おれ》たち、いつまでここにいなきゃならないの？」

今度《こんど》は耕介《こうすけ》が尋《たず》ねる。のんびりした口調《くちょう》に、少《すこ》しイラッとさせられる。

「そりゃあ、全員《ぜんいん》の親《おや》が『みまかる』までさ。」

幸正《ゆきまさ》は、どこか凄味《すごみ》のある笑《え》みを浮《う》かべて答《こた》えた。

みまかる、なんて言葉《ことば》が遣《つか》われるの、初《はじ》めて聞《き》いたな。

光彦《てるひこ》は、どんどん印象《いんしょう》が塗《ぬ》り替《か》わっていく幸正《ゆきまさ》を興味深《きょうみぶか》く眺《なが》めた。

見た目は子供《こども》みたいなのに、中身《なかみ》は結構大人《けっこうおとな》だな。まあ、両方《りょうほう》の親《おや》を緑色感《りょくしょくかん》冒《ぼう》で失《うしな》おうとしているのだから、精神的《せいしんてき》には鍛《きた》えられざるを得《え》ない。だけど、それだけじゃない。こいつ、頭《あたま》もいいし、シニカルだ。

ふっと蘇芳《すおう》の横顔《よこがお》が浮《う》かんだ。

佐藤蘇芳《さとうすおう》も、小さい頃《ころ》から大人《おとな》っぽかったっけ。

「全員《ぜんいん》の親《おや》が『みまかった』ら、『みどりおとこ』が迎《むか》えに来《く》るよ。」

「お葬式《そうしき》は――出られないのかな。」

耕介《こうすけ》がもごもご口の中で言《い》った。「お葬式《そうしき》」という言葉《ことば》を口にするのに抵抗《ていこう》があったようだ。口にしたくない気持《きも》ちは分《わ》かる。

「緑色感冒《りよくしよくかんぼう》の患者《かんじゃ》の遺体《いたい》は、病院《びょういん》の内部《ないぶ》ですべて処理《しょり》されるから、葬儀《そうぎ》の時《とき》に遺体《いたい》はなし。だから、追悼《ついとう》の式《しき》をそれぞれの家《いえ》でやることになってる。」

「そうなのか。」

耕介《こうすけ》は落胆《らくたん》した顔《かお》になった。その気持《きも》ちも分《わ》かる。最後《さいご》まで対面《たいめん》できないのだと思《おも》うと、改《あらた》めてやりきれないものを感《かん》じる。

「まあ、気長《きなが》にやりすごすことだよね。」

幸正《ゆきまさ》は、渋《しぶ》い表情《ひょうじょう》になった。

「これがね——ぶらぶらしながら待《ま》ってるっていうのが結構《けっこう》つらいんだ。前《まえ》に来《き》た時《とき》、最初《さいしょ》のうちにバタバタっと『みまかっ』ちゃってね。」

「前《まえ》の時《とき》は、何人《なんにん》いたの?」

卓也《たくや》が尋《たず》ねる。

「その時《とき》は六人。最初《さいしょ》の三日《みっか》間《かん》で立《た》て続《つづ》けに四人亡《な》くなってね。ところが、それからあとが全《まった》く。次《つぎ》まで二週間以上《しゅうかんいじょう》も空いて、一人亡《ひとりな》くなって。最後《さいご》の一人《ひとり》になった奴《やつ》は、いたたまれない感《かん》じだったよ。夏休《なつやす》みが終《お》わるぎりぎりまで、他《ほか》の五人もここに足止《あしど》めされたわけだから。」

「うーん。なんとも複雑《ふくざつ》な状況《じょうきょう》だな。」

卓也《たくや》は身震《みぶる》いした。

「最後《さいご》に鐘《かね》が三回《かいな》鳴っった時《とき》は、そいつ、ホッとしてたな。悲《かな》しいんだけど、ホッとしたって言《い》ってた。」

想像《そうぞう》してみると、そのいたたまれなさが伝染《でんせん》してくるようだった。

なんというグロテスクで残酷《ざんこく》な状況《じょうきょう》だろう。みんなに気を遣《つか》いながら、親《おや》が死《し》ぬのを待《ま》ち続《つづ》けるなんて。

「そんなの、亡《な》くなった順《じゅん》から帰《かえ》してくれればいいのに。」

耕介《こうすけ》が文句《もんく》を言《い》うと、幸正《ゆきまさ》が「そうだな。」と同意《どうい》した。

「だけど、たぶん、ここに連《つ》れてくるのも帰《かえ》すのも一回《かい》きりだと決《き》めてるんだと思《おも》う。入るのも出るのも全員《ぜんいん》で。そういう決《き》まりらしいよ。」

入るのも出るのも全員《ぜんいん》で。

光彦《てるひこ》は、なぜかその台詞《せりふ》が気になった。

「じゃあ、次《つぎ》は夕飯《ゆうめし》で。六時集合《じしゅうごう》ね。」

幸正《ゆきまさ》は、今度《こんど》こそ荷物《にもつ》を取《と》り上《あ》げた。

＊

光彦《てるひこ》は自分《じぶん》の部屋《へや》に荷物《にもつ》を置《お》くと、卓也《たくや》の部屋《へや》に向《む》かった。二人《ふたり》の部屋《へや》は池《いけ》を挟《はさ》んで向《む》かいあうような位置《いち》にある。

陽射《ひざ》しは少《すこ》しずつ傾《かたむ》いていた。

お城全体《しろぜんたい》が、ゆっくりとオレンジ色《いろ》に沈《しず》んでいくように見える。まるで、古《ふる》いヨーロッパの絵《え》を見ているみたいだ。

光彦《てるひこ》は、一瞬《いっしゅん》、丘《おか》と一体化《いったいか》したようなお城《しろ》に見とれた。

本当《ほんとう》は、こんなふうにのんびりしてる場合《ばあい》じゃないんだよな。池《いけ》に沿《そ》って歩《ある》きながら、自分《じぶん》に言《い》い聞《き》かせる。

心《こころ》の準備《じゅんび》はしておかなくちゃ。着《つ》いたばかりだからまだ大丈夫《だいじょうぶ》だとどこかで思《おも》ってるけど、さっきの幸正《ゆきまさ》の話《はなし》じゃないが、いつ鐘《かね》が三回鳴《かいな》らされても不思議《ふしぎ》じゃない。

つい、女子部《じょしぶ》のほうに目をやってしまう。

向《む》こう側《がわ》で鳴《な》る鐘《かね》は、こっちでも聞《き》こえるんだろうか？　さすがに音の大きさが違《ちが》うだろうから、間違《まちが》えたりはしないと思《おも》うけど。

光彦《てるひこ》はひやりとした。

嫌《いや》だな、向《む》こうで三回鐘《かいかね》が鳴《な》る音がこっちまで聞《き》こえたら。誰《だれ》かが向《む》こうで泣《な》いているのだと思《おも》うとやりきれない。

足早に、卓也《たくや》の部屋《へや》に向《む》かった。

開《あ》け放《はな》った窓《まど》から、卓也《たくや》が部屋《へや》の中で忙《いそが》しく動《うご》き回《まわ》っているのが見える。

「おーい、卓也《たくや》ー。」

呼《よ》びかけると、卓也《たくや》が気付《きづ》いて窓《まど》から手を振《ふ》った。

「何《なに》してんの、おまえ？」

部屋《へや》の入口から中を覗《のぞ》くと、卓也《たくや》は壁《かべ》にポスターを貼《は》ったり、ペナントを貼《は》ったりしているところだった。

「巣造《すづく》りさ。なんとなく、いつもの環境《かんきょう》にしとかないと落《お》ち着《つ》かなくて。」

「ふうん。」

光彦《てるひこ》は、ロック歌手《かしゅ》のポスターを見上げた。

「おまえ、いつからヘビメタ聴《き》くようになったの？」

「一年前《まえ》くらいかなあ。」

光彦《てるひこ》は、ベッドの上のチェックのカバーの掛《か》かった枕《まくら》に目を留《と》めた。

「あっ、そういや、おまえ、枕《まくら》が替《か》わると眠《ねむ》れないんだっけ。まだダメなんだ。

うわー、ガキくせー。」

「るっせーな。仕方《しかた》ないだろ。」

卓也《たくや》が枕《まくら》を投《な》げつけてくる。

笑《わら》って枕《まくら》を受《う》け止《と》め、投《な》げ返《かえ》す。

久《ひさ》しぶりの再会《さいかい》で、ちょっと変《か》わったかなと思《おも》ったが、あっというまに以前《いぜん》のような関係《かんけい》が戻《もど》ってきて、互《たが》いに嬉《うれ》しく感《かん》じているのが分《わ》かった。

それが、こんなところでの再会《さいかい》であっても。

「なんだ、やっぱり卓也《たくや》は卓也《たくや》だな。」

「あったりまえだろ。光彦《てるひこ》も元気《げんき》そーでよかった。」

「最初《さいしょ》はちょっと見違《みちが》えちゃったよ。」

「うん。俺《おれ》、ここ二年間《かん》で十八センチ背《せ》が伸《の》びたんだ。」

「ひえー、何食《なにく》ったらそんなに伸《の》びるんだよ。」

「分《わ》かんない。牛乳《ぎゅうにゅう》、そんなに飲《の》んでるわけじゃないんだけどなあ。」

軽口《かるくち》を叩《たた》き、二人《ふたり》で並《なら》んでどすんとベッドに座《すわ》ったその時《とき》である。

二人《ふたり》は、同時《どうじ》にハッと顔《かお》を上げた。

一瞬《いっしゅん》、自分《じぶん》たちがなぜ顔《かお》を上げたのか、気付《きづ》かなかった。

しかし、二人《ふたり》は互《たが》いの目を見て、その理由《りゆう》を悟《さと》った。

鐘《かね》が鳴《な》っている。

一回《かい》——二回《かい》——三回《かい》。

「嘘《うそ》だろ。」

光彦《てるひこ》と卓也《たくや》は、お互《たが》いの目に驚愕《きょうがく》と恐怖《きょうふ》が浮《う》かぶのを見た。

「三回鳴《かいな》ったよな。今《いま》。本当《ほんとう》に。」

「鳴《な》った。」

認《みと》めあったものの、二人《ふたり》は動《うご》けなかった。

ベッドに座《すわ》り込《こ》んだポーズのまま、凍《こお》りついたようになってしまっている。

「そんな、いきなり。着《つ》いたばっかりなのに。」

光彦《てるひこ》はおろおろした声《こえ》で呟《つぶや》いた。

ついさっき、心《こころ》の準備《じゅんび》をしておかなければ、と考《かんが》えたばかりだったのを思《おも》い出《だ》す。

ダメだ。全然《ぜんぜん》、心《こころ》の準備《じゅんび》なんかできてない。

「どうする？」

「行《い》かなくちゃ。」

ようやく二人《ふたり》は腰《こし》を浮《う》かせ、よろよろと立ち上がった。

「お地蔵《じぞう》さんって、どこだっけ？」

「食堂《しょくどう》の前《まえ》の、広場《ひろば》から下ったところだよ。ちょっと半地下《はんちか》っぽいところ。」

そう言《い》いながらも、二人《ふたり》ともどこか上の空だ。突然《とつぜん》の鐘《かね》に動揺《どうよう》してしまって、まだ部屋《へや》の中でぐずぐずしている。

気まずい沈黙《ちんもく》。

「――行《い》かなくちゃ。」

ようやく、そんな声《こえ》が出た。どちらからともなく溜息《ためいき》をつく。

狭《せま》いたたきで靴《くつ》を履《は》き、二人《ふたり》は黙《だま》り込《こ》んで外《そと》に出た。

「急《いそ》ごう。」

外《そと》に出たとたん、ためらいが消《き》えた。

二人《ふたり》はパッと食堂《しょくどう》のほうに向《む》かって駆《か》け出《だ》す。

と、光彦《てるひこ》は、スニーカーの紐《ひも》を踏《ふ》んでしまい、引《ひ》っ張《ぱ》られてほどけたのを感《かん》じて足を止《と》めた。

舌打《したう》ちして、かがんで紐《ひも》を結《ゆ》わえ直《なお》す。

顔《かお》を上げた時《とき》には、もう卓也《たくや》は先に行《い》ってしまっていた。ちぇっ、置《お》いてかれたな、と苦笑《くしょう》する。

立ち上がった瞬間《しゅんかん》、視界《しかい》の隅《すみ》で何《なに》かが光《ひか》ったような気がした。

うん？　なんだ？

光彦《てるひこ》は、そちらに向《む》かって目を凝《こ》らした。

池《いけ》の向《む》こう。白い花の咲《さ》いた、背《せ》の高《たか》い庭木《にわき》の茂《しげ》みがある。

光彦《てるひこ》はぎくっとした。

誰《だれ》かいる。誰《だれ》が？

が、もう一度目《いちどめ》を凝《こ》らした時《とき》、その影《かげ》は消《き》えていた。そこには午後《ごご》の陽射《ひざ》しに照《て》らされた白い花が揺《ゆ》れているばかりである。

光彦《てるひこ》は混乱《こんらん》したまま駆《か》け出《だ》した。

急《いそ》がなければ。鐘が三回鳴ったのだから。

しかし、たった今《いま》目にしたものが、頭《あたま》の中で何度《なんど》も巻《ま》き戻《もど》される。

何《なに》かの見間違《みまちが》いだろうか。誰《だれ》かが立っていたように見えたのは。

そうだよ、目の錯覚《さっかく》だよ、と別《べつ》の声《こえ》が否定《ひてい》する。気のせいだ。あそこに人がいたはずはない。

自問自答《じもんじとう》を繰《く》り返《かえ》す。

だけど、あれが光《ひか》ったのは本当《ほんとう》だ——そのせいで、わざわざあちらに目を向《む》けることになったのだから。

光彦《てるひこ》は、もう一度《いちど》、さっき自分《じぶん》が見たものを反芻《はんすう》した。そして、自分《じぶん》が何《なに》を目にしたのかを悟《さと》った。

そうだ。あれは鎌《かま》だった。
鎌《かま》の刃《は》に、光《ひかり》が当《あ》たって、反射《はんしゃ》した。
誰《だれ》かがあそこで、鎌《かま》を持《も》って立っていたのだ。

第五章　もう一人《ひとり》いる

青ざめた顔《かお》の四人の少年《しょうねん》が、息《いき》を切《き》らせ、奥《おく》まったお地蔵《じぞう》さんの前《まえ》に集《あつ》まってきていた。

互《たが》いの表情《ひょうじょう》の中に、動揺《どうよう》と不安《ふあん》がくっきりと見《み》て取《と》れる。

まさか、こんな早くに。

着《つ》いたばかりで、ここでの決《き》まりごともまだじゅうぶんには把握《はあく》しておらず、この場所《ばしょ》に慣《な》れて新《あら》たな秩序《ちつじょ》を作《つく》り始《はじ》めようとしているところなのに。

いったい誰《だれ》の親《おや》が？

今《いま》、みんなの目に浮《う》かんでいる疑問《ぎもん》はその一言《ひとこと》に尽《つ》きた。

誰《だれ》もがおどおどして、はっきりとは互《たが》いの顔《かお》を見ないが、それでいてチラチラと表情《ひょうじょう》を観察《かんさつ》してしまう。はじめに不幸《ふこう》に見舞《みま》われたのはいったい誰《だれ》なのだ？

異様《いよう》な緊張感《きんちょうかん》が辺《あた》りに漂《ただよ》っていた。

いきなり現実《げんじつ》に直面《ちょくめん》してしまったという衝撃《しょうげき》。

慌《あわ》てて駆《か》けつけたものの、誰《だれ》も動《うご》かない。

鐘《かね》はとっくに鳴《な》り止《や》んでいた。

静寂《せいじゃく》。

痛《いた》いほどの静寂《せいじゃく》に四人は包《つつ》まれている。

本当《ほんとう》に鐘《かね》は鳴《な》ったのだろうか？　気のせいだったのではないだろうか？

ひきつった顔《かお》。

ふと、光彦《てるひこ》は笑《わら》い出《だ》したくなった。傍《はた》から見たら、なんとおかしな状況《じょうきょう》だろう。

どうやら、みんなが似《に》たような衝動《しょうどう》に駆《か》られたらしく、ほんの一瞬《いっしゅん》、緊張《きんちょう》が弛《し》緩《かん》した。

幸正《ゆきまさ》が、ほっ、と小さな溜息《ためいき》をついた。

「いきなり、びっくりしたな。」

乾《かわ》いた声《こえ》で、肩《かた》をすくめてみせる。

「経験者《けいけんしゃ》だから、僕《ぼく》が見るよ。」

幸正《ゆきまさ》は、お地蔵《じぞう》さんのほうに顎《あご》をくいっと向《む》けた。

みんなが幸正《ゆきまさ》の視線《しせん》の先に目をやる。

それまで、誰《だれ》も目を向《む》けなかったその場所《ばしょ》に。

かなり古《ふる》い、表面《ひょうめん》の磨《す》り減《へ》ったお地蔵《じぞう》さんだった。特《とく》に、顔《かお》はこれまで多《おお》くの人が撫《な》でてきたらしく、つるつるになっていて表情《ひょうじょう》が分《わ》からない。

そして、その後《うし》ろには真《ま》っ黒《くろ》な壁《かべ》があった。

ざらざらした、色《いろ》の入ったガラスのような、やはり年季《ねんき》の入った壁《かべ》である。

じっとそこを見つめていると、そこにうっすらと自分《じぶん》たちの姿《すがた》が映《うつ》っていることが分《わ》かった。

薄暗《うすぐら》く奥《おく》まった場所《ばしょ》なので、到着《とうちゃく》した時《とき》には目が慣《な》れていなかったのだ。

ぼんやりと映《うつ》る四人の影《かげ》。

この向《む》こう側《がわ》には、いったい誰《だれ》が横《よこ》たわっているのだろう。一人《ひとり》では来《こ》られないだろうから、誰《だれ》かが付《つ》き添《そ》っていることは間《ま》違《ちが》いない。何人《なんにん》でいるのだろう。

二人《ふたり》？　それとも、三人？

光彦《てるひこ》は、自分《じぶん》の喉《のど》が「ぐえっ。」というような、滑稽《こっけい》でくぐもった音を立てたことに気付《きづ》き、慌《あわ》てて喉《のど》を押《お》さえ、赤面《せきめん》した。

幸正《ゆきまさ》は、意《い》を決《けっ》したようにスタスタとお地蔵《じぞう》さんに近寄《ちかよ》り、ぱっとその後《うし》ろを覗《のぞ》き込《こ》んだ。そこに患者番号《かんじゃばんごう》が表示《ひょうじ》されているのだろう。

みんなが幸正《ゆきまさ》の顔《かお》を注目《ちゅうもく》する。

が、幸正《ゆきまさ》の表情《ひょうじょう》には何《なに》も浮《う》かんでいなかった。

「５０３。」

ボソリと呟《つぶや》く。

みんながびくっとし、素早《すばや》く考《かんが》えるのが分《わ》かった。

安堵《あんど》と困惑《こんわく》。

幸正《ゆきまさ》がみんなの顔《かお》を見る。

やがて、奇妙《きみよう》な戸惑《とまど》いがその場《ば》を支配《しはい》した。

みんなが互《たが》いの顔《かお》を見て、悲嘆《ひたん》の表情《ひようじよう》が浮《う》かぶのを期待《きたい》していたが、誰《だれ》の顔《かお》にもそれが浮《う》かぶ気配《けはい》がない。

えっ？

光彦《てるひこ》は、改《あらた》めて卓也《たくや》の顔《かお》を見た。

おまえのところか？

卓也《たくや》は小さく左右に首《くび》を振《ふ》る。

うちじゃない、という意味《いみ》だろう。

「誰《だれ》のところだ？」

幸正《ゆきまさ》が、そうはっきりと口に出した。

みんなが一斉《いっせい》に首《くび》を振《ふ》る。否定《ひてい》の方向《ほうこう》に。

「——誰《だれ》の番号《ばんごう》でもない?」

幸正《ゆきまさ》が、困惑《こんわく》も露《あらわ》にみんなの顔《かお》を見回《みまわ》した。同時《どうじ》にみんなが話《はな》し始《はじ》めた。

「違《ちが》う。」

「うちじゃない。」

「じゃあ、この番号《ばんごう》は間違《まちが》って表示《ひょうじ》されてるっていうのか?」

「数字《すうじ》、見間違《みまちが》えてない?」

耕介《こうすけ》がのろのろと幸正《ゆきまさ》を見ると、幸正《ゆきまさ》はむっとした表情《ひょうじょう》になった。

「だったら、自分《じぶん》で見てみろよ。」

幸正以外《ゆきまさいがい》の三人が、ぞろぞろとお地蔵《じぞう》さんのところに集《あつ》まった。

ちょうど、お地蔵《じぞう》さんの後《うし》ろの壁《かべ》に、四角《しかく》いモニターがあって、赤い数字《すうじ》が表示《ひょうじ》されていた。

確《たし》かに503という、デジタル表示《ひょうじ》がある。小さな数字《すうじ》ではあるが、モニター画面《がめん》はきちんと磨《みが》いてあり、見間違《みまちが》えようもない。

戸惑《とまど》い顔《がお》で、みんながもう一度《いちど》お地蔵《じぞう》さんの前《まえ》に集《あつ》まった。

「誰《だれ》か間違《まちが》えて番号《ばんごう》を覚《おぼ》えてるんじゃないの？」

今度《こんど》は卓也《たくや》がそう言《い》ってみんなの顔《かお》を見回《みまわ》した。

「患者番号《かんじゃばんごう》を？」

幸正《ゆきまさ》が怒《おこ》ったような顔《かお》で聞《き》き返《かえ》す。

「そんな間抜《まぬ》けな奴《やつ》がいるかよ。ずっと頭《あたま》に刷《す》り込《こ》まれてきた番号《ばんごう》なんだぞ。招待状《しょうたいじょう》にも書《か》かれてた番号《ばんごう》だぜ。なあ？」

みんなが無言《むごん》で頷《うなず》く。

忌《い》まわしい番号《ばんごう》だが、頭《あたま》に焼《や》き付《つ》いている番号《ばんごう》だ。自分《じぶん》の家族《かぞく》が記号化《きごうか》された患者《かんじゃ》だという冷徹《れいてつ》な事実《じじつ》を突《つ》きつける番号《ばんごう》。忘《わす》れたくても忘《わす》れられない。

「――つまり。」

卓也《たくや》がゆっくりと続《つづ》けた。

「今《いま》この向《む》こうにいるのは、俺《おれ》たちの親《おや》じゃないってことだな。」

卓也《たくや》と一緒《いっしょ》に、みんなが壁《かべ》のほうを見る。

「そんなことって。」

光彦《てるひこ》は口ごもった。

「あるいは、向《む》こうが間違《まちが》えてるとか？」

そう呟《つぶや》いて、みんなの顔《かお》を見る。

「病院側《びょういんがわ》が？」

またしても幸正《ゆきまさ》が顔《かお》をしかめた。

「それこそ、有《あ》り得《え》ないよ。患者《かんじゃ》は厳密《げんみつ》に管理《かんり》されてるし、ましてや家族《かぞく》への通知《つうち》を間違《まちが》えるなんて。」

「だけど、実際《じっさい》のところ、そこに出てるのは俺《おれ》たちの親《おや》の番号《ばんごう》じゃない。これをどうやって説明《せつめい》する？」

卓也《たくや》が腕組《うでぐ》みをして天を仰《あお》いだ。

みんなが唸《うな》った。

「なあ、でも、今向《いまむ》こう側《がわ》にこの番号《ばんごう》の患者《かんじゃ》がいるんだよね。今《いま》そこにいる人は、自分《じぶん》の家族《かぞく》がここにいないってこと、気付《きづ》いてるのかな。」

耕介《こうすけ》が恐《おそ》る恐《おそ》るといった表情《ひょうじょう》で壁《かべ》を見た。

この向《む》こうにいる患者《かんじゃ》。

誰《だれ》もが、気味《きみ》が悪《わる》そうな目つきになり、そっと視線《しせん》を泳《およ》がせる。

今現在《いまげんざい》、そこに誰《だれ》かがいる。

意識《いしき》の混濁《こんだく》が始《はじ》まり、まもなく命《いのち》が尽《つ》きようとしている誰《だれ》かが。

光彦《てるひこ》は、胃《い》がきゅっと縮《ちぢ》まるような感覚《かんかく》を覚《おぼ》えた。

そんな大事《だいじ》な瞬間《しゅんかん》に、こんな間違《まちが》いが起《お》きるなんて。家族《かぞく》を見られず、この世《よ》を去《さ》っていってしまうなんて。

誰《だれ》もが同《おな》じようなことを考《かんが》えたに違《ちが》いない。

「なあ、電話《でんわ》したほうがいいんじゃないか？」

耕介《こうすけ》が青ざめた顔《かお》で腰《こし》を浮《う》かせ、もぞもぞとした。

「どこに？」

「その――外部《がいぶ》だよ。間違《まちが》った患者《かんじゃ》が対面《たいめん》してるって伝《つた》えたほうがいいんじゃない？　この人、家族《かぞく》に会《あ》えないんだよ？　誰《だれ》かが何《なに》か間違《まちが》ってたせいで。」

光彦《てるひこ》も頷《うなず》きかけた。

本当《ほんとう》に、たいへんな間違《まちが》いだ。

「間違《まちが》い。」

卓也《たくや》が腕《うで》組《ぐ》みをしたまま繰《く》り返《かえ》す。

「――本当《ほんとう》に間違《まちが》いなのか？」

ちらっと光彦《てるひこ》のほうを見る。光彦《てるひこ》はハッとした。

卓也《たくや》は何《なに》かを彼《かれ》に訴《うった》えかけていた。

と、光彦《てるひこ》の頭《あたま》にちらっと何《なに》かが閃《ひらめ》いた。ここに来《く》る前《まえ》に見た光景《こうけい》。

誰《だれ》かがいた。庭《にわ》で誰《だれ》かが立っていた——手に鎌《かま》を持《も》って、誰《だれ》かがあそこにいた。

光彦《てるひこ》は今更《いまさら》ながら、立っている四人の手元《てもと》を見た。

むろん、誰《だれ》もが手ぶらで、何《なに》も手にしていない。

「間違《まちが》いじゃなかったら、なんなんだよ？」

幸正《ゆきまさ》は不機嫌《ふきげん》なままで、いささか喧嘩腰《けんかごし》だった。

彼《かれ》が腹《はら》を立てる気持《きも》ちも分《わ》からないではない。みんな、泡《あわ》を喰《く》ってここまで走《はし》ってきたのだ。ここに着《つ》いたばかりで心《こころ》の準備《じゅんび》もできないうちに、家族《かぞく》が危篤《きとく》だと思《おも》ったのだから、当然《とうぜん》である。

「もしかして、ここに来《き》てない奴《やつ》がいるんじゃない？」

卓也《たくや》は幸正《ゆきまさ》の喧嘩腰《けんかごし》には取《と》り合《あ》わず、あっさりと答《こた》えた。

「ここにって——。」

「この、夏《なつ》のお城《しろ》さ。もしかしたら、もう一人《ひとり》来《く》るはずの奴《やつ》がいたんじゃないの？」

卓也《たくや》は当然《とうぜん》、という口調《くちょう》である。

光彦《てるひこ》はハッとした。なるほど、卓也《たくや》が考《かんが》えたのはそういう意味《いみ》か。

もう一人《ひとり》。

「来《こ》ないなんて、許《ゆる》されるのか？」

耕介《こうすけ》がのっそりと首《くび》をかしげた。卓也《たくや》は小さく肩《かた》をすくめる。

「そりゃ、ここに来《く》るのを断《ことわ》れないことは知《し》ってるよ。だけど、具合《ぐあい》が悪《わる》かったら？　そいつが入院療養中《にゅういんりょうようちゅう》だったりしたら、いくらなんでもここには来《こ》られないだろう。俺《おれ》たちだけじゃ、そいつの面倒《めんどう》見られないもの。」

「なるほど。」

耕介《こうすけ》の目に、納得《なっとく》の色《いろ》が浮《う》かんだ。

幸正《ゆきまさ》も、思《おも》いがけない返事《へんじ》だったらしく、口を「あ」という形《かたち》に開《ひら》いた。

確《たし》かに、それなら説明《せつめい》がつく。もう一人《ひとり》、誰《だれ》かが来《く》るはずだった。

光彦《てるひこ》も頷《うなず》きつつ、頭《あたま》の中に浮《う》かんださっきの光景《こうけい》は消《き》えなかった。

誰《だれ》かがいた――あそこにいた。この場所《ばしょ》に。もう一人《ひとり》。

「どちらにせよ、気《き》の毒《どく》だなあ。そいつも、家族《かぞく》も、会《あ》う機《き》会《かい》を逃《のが》したってことだから。」

「病院《びょういん》の中で会《あ》えないの？」

「無理《むり》だろ。」

ボソボソとみんなが囁《ささや》きあった。壁《かべ》の向《む》こうの誰《だれ》かに聞《き》こえないように。

なんともおかしな状況《じょうきょう》だったが、しばらく彼《かれ》らはこの場所《ばしょ》から動《うご》けなかった。

自分《じぶん》たちの家族《かぞく》ではない誰《だれ》かのためだと納得《なっとく》したものの、それでも立《た》ち去《さ》りかねていた。

結局《けっきょく》、三十分《ぷん》近《ちか》くそこにいただろうか。

やはり幸正《ゆきまさ》が、もう一度《いちど》さりげなくお地蔵《じぞう》さんの後《うし》ろを覗《のぞ》き込《こ》み、もう数字《すうじ》の表示《ひょうじ》が消《き》えていることを確《たし》かめた。

「――もう、いなくなった。」

そう静《しず》かに呟《つぶや》くと、みんなが、声《こえ》にならない溜息《ためいき》をつき、居住《いず》まいを正した。

患者《かんじゃ》は、既《すで》に壁《かべ》の向《む》こうから立《た》ち去《さ》ったのだ。そして、二度《にど》とここにやってくることはあるまい。

まだなんとなく動《うご》けなかったが、それでも幸正《ゆきまさ》が言《い》った。

「そろそろ、夕飯《ゆうめし》の準備《じゅんび》に行《い》こっか。」

彼《かれ》はそう独《ひと》り言《ごと》のように言《い》うと、先に立《た》って歩《ある》き出《だ》す。

誰《だれ》もが黙《だま》り込《こ》み、目を逸《そ》らし、幸正《ゆきまさ》の後《あと》に続《つづ》く。

なんとも、不可解《ふかかい》で後味《あとあじ》の悪《わる》い三十分《ぷん》だった。初《はじ》めて聞《き》く鐘《かね》が、こんな奇妙《きみょう》な状況《じょうきょう》でのものになるとは。

「――もう一人《ひとり》。」

光彦《てるひこ》は、卓也《たくや》と並《なら》んで歩《ある》きながら呟《つぶや》いた。

「なんだよ？」

卓也《たくや》が聞《き》きとがめ、耳を寄《よ》せてくる。

「もう一人《ひとり》、いるのか？」

「それがいちばん納得《なっとく》できる説明《せつめい》だろ？」

「うん。」

光彦《てるひこ》の煮《に》え切《き》らない返事《へんじ》に、卓也《たくや》は不思議《ふしぎ》そうな顔《かお》になる。

「何《なに》かあるの？」

「もし、もう一人《ひとり》来《く》るはずだったら、どうして『みどりおとこ』は前《まえ》もって言《い》っといてくれなかったんだろう。」

「さあね。そいつのプライバシーに配慮《はいりょ》したのかもしれない。」

「だけどさ、パニックになっちゃったじゃない。僕《ぼく》なんか、ものすごく動揺《どうよう》しちゃった。こんな余計《よけい》な心配《しんぱい》させるなんて、ちょっとひどくないか？　前《まえ》もって、もう一人《ひとり》来《く》るはずだったけど、来《こ》られなくなったって、一言《ひとこと》いっといてくれれば済《す》んだ話《はなし》なのに。それだけなら、プライバシーに触《ふ》れることもない。それこそ、こんな大事《だいじ》なこと、どうして黙《だま》ってたんだろう。」

光彦《てるひこ》は、だんだん胃《い》の辺《あた》りがむかむかしてくるのを感《かん》じた。

やっぱり。やっぱり、変《へん》だ。あの「夏《なつ》の人」は。

苦《にが》いものが喉《のど》の奥《おく》に込《こ》み上《あ》げてくる。

どうしても、あいつには悪意《あくい》を感《かん》じてしまう。何《なに》か底意地《そこいじ》の悪《わる》いことを仕掛《しか》けてきているように思《おも》ってしまう。これは、本当《ほんとう》に気のせいなのだろうか？

「あいつ、そんなに賢《かしこ》くないぜ。そこまで俺《おれ》たちのことを気遣《きづか》ってくれるとは思《おも》えないな。あいつも知《し》らなかったんじゃないの。」

卓也《たくや》は、光彦《てるひこ》のようには感《かん》じていないようだった。

ここに着《つ》いた時《とき》から、悪意《あくい》が満《み》ちているように感《かん》じる自分《じぶん》は、単《たん》に神経《しんけい》が過敏《かびん》になっているだけなのだろうか。

光彦《てるひこ》は、さっき見た人影《ひとかげ》のことを卓也《たくや》に打《う》ち明《あ》けるべきかどうか迷《まよ》っていた。

もう一人《ひとり》いる、と。その不在《ふざい》の誰《だれ》かは、卓也《たくや》の言《い》うようにお城《しろ》の外《そと》にいるのではなく、内側《うちがわ》にいるのだ、と。

さっさと口に出してしまえばいいのに、なぜか口にすることができない。気のせいだ、と言《い》われるに決《き》まっているし、「なんだ、光彦《てるひこ》って意外《いがい》に気が弱《よわ》い奴《やつ》なんだな。」と思《おも》われるのは嫌《いや》だった。

ちらっと卓也《たくや》の横顔《よこがお》を盗《ぬす》み見《み》る。

現《げん》に、今《いま》も、卓也《たくや》は光彦《てるひこ》のことを「こんなに神経質《しんけいしつ》な奴《やつ》だっけ。」と思《おも》っているような気がした。

神経質《しんけいしつ》。少年《しょうねん》にとっては、何《なに》より屈辱的《くつじょくてき》な言葉《ことば》である。

それこそ、見間違《みまちが》えだったのだろうか。

光彦《てるひこ》は自問自答《じもんじとう》した。

光《ひかり》の加減《かげん》で——何《なに》か、金属物《きんぞくぶつ》に反射《はんしゃ》して、木陰《こかげ》の模様《もよう》か何《なに》かで錯覚《さっかく》したんだろうか。影《かげ》が他《ほか》のものに見えるということは、確《たし》かによくあることだし。

光彦《てるひこ》は、自分《じぶん》がそちらのほうを信《しん》じたがっていることに気付《きづ》いていた。

しかし、自分《じぶん》の目がはっきりととらえたものが、そのことを否定《ひてい》していた。

いくらなんでも、鎌《かま》を握《にぎ》っている手を見間違《みまちが》えるなんてことがあるだろうか。

あの手——軍手《ぐんて》をはめていたので、特徴《とくちょう》は分《わ》からなかった。

あるいは、「みどりおとこ」が？

光彦《てるひこ》は必死《ひっし》に記憶《きおく》を辿《たど》った。素手《すで》であったら、すぐにあいつだと分《わ》かっただろう。しかし、軍手《ぐんて》をはめていたので分《わ》からなかった。あいつは全身緑色《ぜんしんみどりいろ》だから、木陰《こかげ》に佇《たたず》んでいても、周囲《しゅうい》に紛《まぎ》れてしまって姿《すがた》が見えにくかったのではないだろうか。

光彦《てるひこ》は卓也《たくや》と別《わか》れてからも、ふらふらと歩《ある》き続《つづ》けていた。

いつのまにか、足は土塀《どべい》のところに向《む》かっている。

今日《きょう》は蘇芳《すおう》との約束《やくそく》はないというのに。

小さく溜息《ためいき》をついて、土塀《どべい》の前《まえ》にしゃがみこんだ。

と、土塀《どべい》の向《む》こう側《がわ》に気配《けはい》がある。

あれ。

「――だれ？」

低《ひく》い少女《しょうじょ》の声《こえ》。

光彦《てるひこ》はホッとした。

「なあんだ、蘇芳《すおう》か。」

彼女《かのじょ》もなんとなくここにやってきたに違《ちが》いない。向《む》こう側《がわ》も何《なに》かとたいへんそうだし、もしかして僕《ぼく》と話《はな》したかったのかも。

「びっくりしたよ、こんな時間《じかん》にここに来《く》るなんて。大丈夫《だいじょうぶ》？」

向《む》こう側《がわ》は黙《だま》り込《こ》んでいる。

「計画《けいかく》はちゃんと進《すす》んでる？　蘇芳《すおう》のことだから心配《しんぱい》はしてないけど。」

そう平静《へいせい》を装《よそお》いつつも、光彦《てるひこ》は、つい吐《は》き出《だ》さずにはいられなくなった。

「やっぱりあいつ――絶対《ぜったい》に何《なに》か企《たくら》んでる。厄介《やっかい》なことが起《お》こりつつあるんだ――きっとあいつは、僕《ぼく》らをひどい目に遭《あ》わせるつもりなんだよ、蘇芳《すおう》。」

思《おも》わず忌々《いまいま》しげな口調《くちょう》になってしまう。

と、土塀《どべい》の向《む》こうでカーン、とくぐもった音で鐘《かね》が鳴《な》るのが聞《き》こえた。

食堂《しょくどう》に招集《しょうしゅう》の合図《あいず》である。

ふうん、この土塀《どべい》、結構分厚《けっこうぶあつ》いんだなあ。高《たか》さもあるし、こっち側《がわ》にはこのくらいしか鐘《かね》の音、聞《き》こえないんだ。たぶん、女子のいる側《がわ》は、僕《ぼく》たちのところよりも斜面《しゃめん》の低《ひく》いところにあるせいもあるんだろう。僕《ぼく》たちが母屋《おもや》のほうにいたら、あっちの鐘《かね》は聞《き》こえないな。

土塀《どべい》の向《む》こうで動《うご》き出《だ》す気配《けはい》があった。

「鐘《かね》、鳴《な》ったね。行《い》かなきゃね。僕《ぼく》も戻《もど》る。じゃあ、予定通《よていどお》りにね。」

そう言《い》って、光彦《てるひこ》は土塀《どべい》から離《はな》れた。

と、細《ほそ》い道《みち》の真《ま》ん中《なか》に、緑色《みどりいろ》のカマキリがいた。
反射的《はんしゃてき》に足を止《と》めてしまう。
それは、普通《ふつう》のカマキリだった。
ハナカマキリじゃない。
なぜか胸《むね》がどきどきしてくるのを、光彦《てるひこ》は必死《ひっし》に押《お》しとどめようとした。

あんた、危《あぶ》ないわね。
気を付《つ》けないと、カマキリに喰《く》われちゃうわよ。

腕《うで》を振《ふ》ってみせた「みどりおとこ」の姿《すがた》と声《こえ》が蘇《よみがえ》る。
そっとしゃがみこみ、ゆっくりと横切《よこぎ》っていくカマキリを見つめた。
これが、ここだけにいるという、花を食《た》べる珍《めずら》しいカマキリなんだろうか？
何《なに》か食《た》べないかと見ていたが、カマキリは鎌《かま》をゆっくりと振《ふ》りながら、のんびりと進《すす》んでいく。
カマキリは肉食《にくしょく》なのに、花を食《た》べるというのは、確《たし》かに相当珍《そうとうめずら》しいんだろうな。
道《みち》を横切《よこぎ》ったカマキリは、草むらの中に見えなくなった。
カマキリのメスは、交尾《こうび》のあとにオスを食《た》べてしまったりするんじゃなかったっけ。
光彦《てるひこ》は立ち上がりながら、そんなことを考《かんが》えた。
食《た》べる——食《た》べる「みどりおとこ」。
「みどりおとこ」がゆっくりと腕《うで》を振《ふ》っているところが繰《く》り返《かえ》し浮《う》かんだ。
カマキリにがぶりとかじりつく「みどりおとこ」。頭《あたま》からばりばりと食《た》べて
——
光彦《てるひこ》はそのイメージに身震《みぶる》いした。
忘《わす》れろ。なんだって、こんな気持《きも》ち悪《わる》いイメージばかり浮《う》かぶんだ。

全《まった》く、僕《ぼく》ってなんて臆病者《おくびょうもの》なんだろ。自分《じぶん》につくづく愛想《あいそ》が尽《つ》きる。

そんなことをぐずぐず考《かんが》えて、母屋《おもや》のほうに戻《もど》ってきた時《とき》である。

前《まえ》のほうで、鋭《するど》い悲鳴《ひめい》が上がった。

ハッとして顔《かお》を上げると、卓也《たくや》と目があった。

「誰《だれ》の声《こえ》だ?」

「幸正《ゆきまさ》じゃない?」

二人《ふたり》はどちらからともなく駆《か》け出《だ》した。

見ると、入口のところでうずくまっている影《かげ》がある。

「どうした?」

卓也《たくや》が声《こえ》を掛《か》けると、真《ま》っ青《さお》な顔《かお》をした幸正《ゆきまさ》と、彼《かれ》をかばうようにしている耕《こう》介《すけ》の姿《すがた》があり、二人《ふたり》はまじまじとこちらを振《ふ》り向《む》いた。

「——鎌《かま》が。」

光彦《てるひこ》はぎょっとした。

幸正《ゆきまさ》が、自分《じぶん》の頭《あたま》の中を読《よ》み取《と》ったような気がしたのだ。

しかし、幸正《ゆきまさ》は光彦《てるひこ》から目を離《はな》した。

「鎌《かま》が、落《お》ちてきた。」

そう言《い》って入口を指差《ゆびさ》したのは、耕介《こうすけ》のほうだった。

「鎌《かま》。」

光彦《てるひこ》と卓也《たくや》は、同時《どうじ》に繰《く》り返《かえ》していた。

入口のところに、鎌《かま》が転《ころ》がっていた。柄《え》のところに麻紐《あさひも》が結《ゆ》わえつけられている。

よく磨《みが》かれた、鋭《するど》い、弓《ゆみ》なりの刃《は》が鈍《にぶ》く光《ひか》っていた。

よく切《き》れそうな刃《は》。

一瞬《いっしゅん》、幸正《ゆきまさ》の喉《のど》に突《つ》き刺《さ》さっているところが目に浮《う》かび、光彦《てるひこ》は慌《あわ》ててそのイメージを振《ふ》り払《はら》った。

「戸《と》を開《あ》けたら、振《ふ》り子《こ》みたいに、天井《てんじょう》から鎌《かま》が落《お》ちてきた。」

幸正《ゆきまさ》が、のろのろと呟《つぶや》いた。

「そんな。」

光彦《てるひこ》は唾《つば》を飲《の》み込《こ》んだ。

「誰《だれ》かが仕掛《しか》けておいたんだ。」

耕介《こうすけ》が淡々《たんたん》と言《い》った。

「そんなこと、誰《だれ》が？」

光彦《てるひこ》が呟《つぶや》くと、みんなが同時《どうじ》に黙《だま》り込《こ》んだ。

さっきのお地蔵《じぞう》さんのところのものとは異《こと》なる、異様《いよう》な沈黙《ちんもく》。

もう一人《ひとり》。もう一人《ひとり》、いる。この内側《うちがわ》に。僕《ぼく》たちと一緒《いっしょ》に。

光彦《てるひこ》の頭《あたま》の中には、その言葉《ことば》が繰《く》り返《かえ》し鐘《かね》のように響《ひび》き渡《わた》っていた。

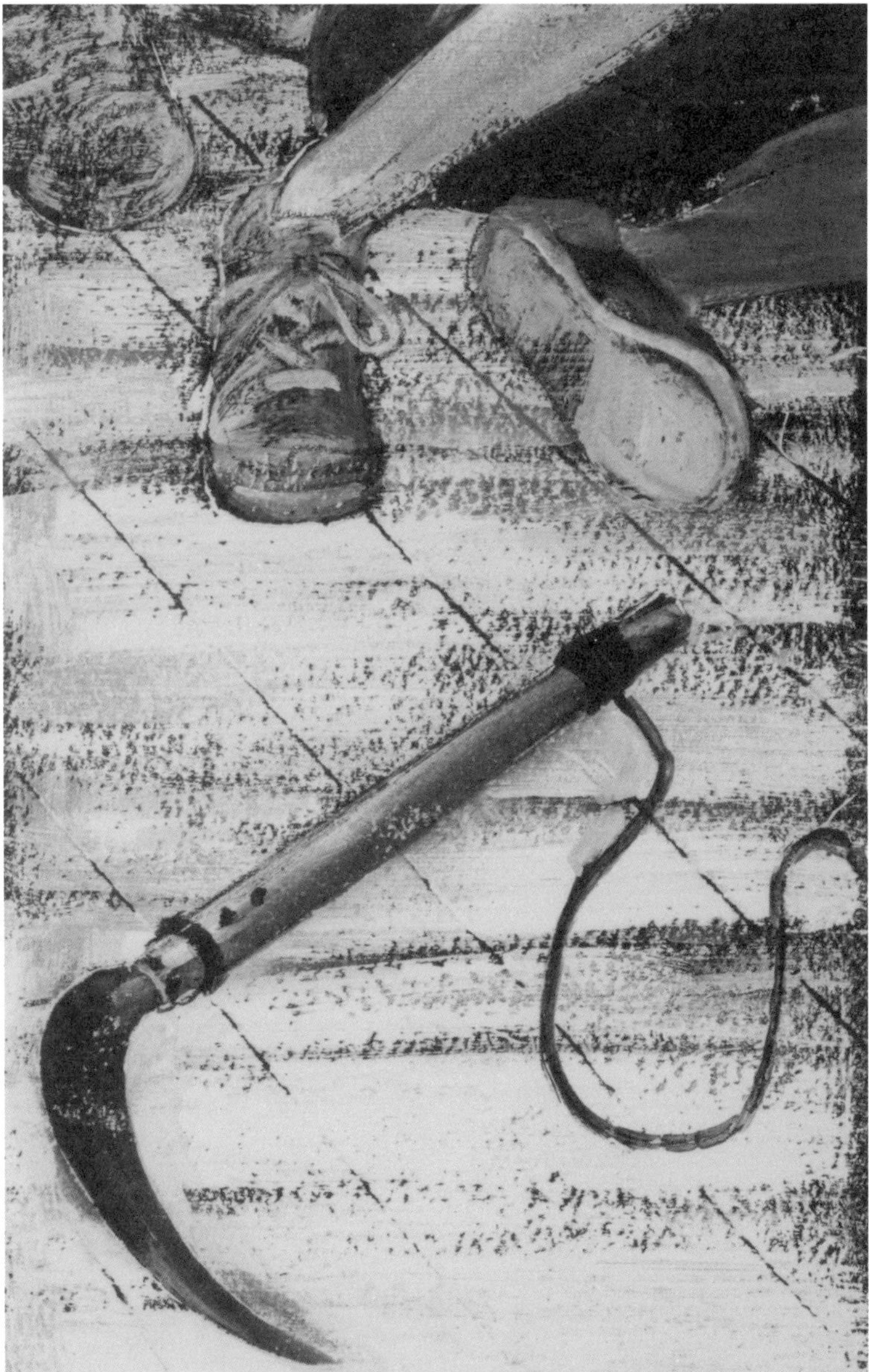

第六章

緑《みどり》の疑惑《ぎわく》

「――考《かんが》えすぎじゃないの？」

土塀《どべい》の向《む》こう側《がわ》から、淡々《たんたん》とした声《こえ》が聞《き》こえてくる。

「じゃあ、これまでに起《お》きたことはどうやって説明《せつめい》する？」

光彦《てるひこ》は思《おも》わず声《こえ》を張《は》り上《あ》げてしまい、慌《あわ》てて自分《じぶん》の口を押《お》さえた。

チラチラと足元《あしもと》に動《うご》く木漏《こも》れ日《び》の影《かげ》。

光彦《てるひこ》は、これまで数日間《すうじつかん》に起《お》きた出来事《できごと》を、土塀《どべい》越しに佐藤蘇芳《さとうすおう》に洗《あら》いざらい打《う》ち明《あ》けていた。

ずっと他《ほか》の三人の少年《しょうねん》には言《い》えなかった自分《じぶん》の疑惑《ぎわく》を、早口でぶちまけたのだ。

四つのひまわりのこと。鎌《かま》を持《も》った人影《ひとかげ》のこと。入口に仕掛《しか》けられていた鎌《かま》のこと。それから数日間《すうじつかん》は何《なに》もなかったが、ついさっき、中庭《なかにわ》のベンチに仕掛《しか》けられていた罠《わな》のこと。もしかして、数日間何《すうじつかんなに》もないと思《おも》わせていたのは、油断《ゆだん》させるためだったのかもしれない。

恐怖《きょうふ》も手伝《てつだ》っていただろう。

五人目の誰《だれ》か、もう一人《ひとり》の誰《だれ》かがこの同《おな》じ敷地内《しきちない》にいると考《かんが》えると、ざわざわして不安《ふあん》でたまらなくなるのだ。自分《じぶん》がとてつもなく無防備《むぼうび》に感《かん》じられてくる。

光彦《てるひこ》は、ここに着《つ》いた晩《ばん》から、部屋《へや》の扉《とびら》の内側《うちがわ》に机《つくえ》を移動《いどう》させ、ベッドで挟《はさ》むように押《お》し付《つ》けて眠《ねむ》っていた。ここに辿《たど》り着《つ》くまでには何重《なんじゅう》にも外側《そとがわ》から鍵《かぎ》が掛《か》けられているというのに、中には鍵《かぎ》の掛《か》かる扉《とびら》がほとんどないのである。小さな机《つくえ》のバリケードなど、気休めでしかないのは分《わ》かっているのだが、夜《よ》中《なか》に誰《だれ》かがいきなり扉《とびら》を開《あ》けて入ってくるところを想像《そうぞう》すると、そうせずにはいられなかったのだ。

蘇芳《すおう》はじっと光彦《てるひこ》の話《はなし》を聞《き》いていた。

姿《すがた》は見えないけれど、蘇芳《すおう》があの落《お》ち着《つ》いた目で耳を澄《す》ましているところを想《そう》像《ぞう》すると、それだけでこちらも少《すこ》しは気持《きも》ちが静《しず》まってくる気がする。

「三人のうちの誰《だれ》かの悪戯《いたずら》だという可能性《かのうせい》は？」

蘇芳《すおう》が尋《たず》ねた。

「それはないと思《おも》う。」

光彦《てるひこ》は首《くび》を振《ふ》っていた。

「お地蔵《じぞう》さんの後《うし》ろの患者番号《かんじゃばんごう》が、僕《ぼく》らの親《おや》の誰《だれ》でもなかったということは、もう一人対象者《ひとりたいしょうしゃ》がいるという証拠《しょうこ》だ。僕《ぼく》が見た人影《ひとかげ》もあるし、やっぱり僕《ぼく》ら以外《いがい》に誰《だれ》かがいるとしか思《おも》えない。」

「でも、最初《さいしょ》に誰《だれ》か隠《かく》れていないか調《しら》べたんでしょ？　それでも見つからなかったんでしょう？」

蘇芳《すおう》はあくまでも冷静《れいせい》だ。もしかすると、光彦《てるひこ》を落《お》ち着《つ》かせるためにあえて突《つ》き放《はな》してみせているのかもしれない。

「うん。だけど。」

光彦《てるひこ》は声《こえ》を低《ひく》めた。

「ここは結構広《けつこうひろ》いから、僕《ぼく》らの目を避《さ》けて潜《ひそ》んでいることは可能《かのう》だと思《おも》うんだ。もしかして、僕《ぼく》らの知《し》らない場所《ばしょ》があるかもしれないし。」

思《おも》わずそっと後《うし》ろを振《ふ》り返《かえ》る。

誰《だれ》かが聞《き》き耳《みみ》を立てているのではないかと思《おも》ってしまう。

「それは認《みと》めるわ。」

蘇芳《すおう》が答《こた》えた。

「あたしたち、言《い》われるままにここに来《き》てるだけで、地図《ちず》も見取《みと》り図《ず》も貰《もら》っていない。お城《しろ》の全体像《ぜんたいぞう》も知《し》らない。どこかに秘密《ひみつ》の通路《つうろ》があっても不思議《ふしぎ》じゃないよね。」

「だろ?」

「だけど、やっぱり、そんなことをする理由《りゆう》が思《おも》いつかないわ。光彦《てるひこ》たちを脅《おど》して、いったいなんの得《とく》があるっていうの？　何《なに》か恨《うら》みでもあるの？　ここに来《き》てるということだけで、じゅうぶんつらい目に遭《あ》ってるのに。」

今度《こんど》は光彦《てるひこ》が黙《だま》り込《こ》む番《ばん》だった。

「分《わ》からない。だけど、あいつが絡《から》んでいることは間違《まちが》いない。」

「あいつって？」

「『夏《なつ》の人』。」

吐《は》き捨《す》てるようにその名を口に出すと、改《あらた》めてむかむかと怒《いか》りが湧《わ》いてくるのを感《かん》じた。

「光彦《てるひこ》、ずっとそう言《い》ってたね。」

「だって、あいつ、おかしいよ。ここに来《き》た時《とき》だって、悪意《あくい》を感《かん》じた。今《いま》もずっと感《かん》じてる。もう一人《ひとり》いるのが誰《だれ》なのか分《わ》からないけど、もしかして、それはあいつなんじゃないかと思《おも》う。」

「なんで？」

蘇芳《すおう》が眉《まゆ》をひそめているのが目に見えるようだった。

「あいつならここに外《そと》から入って来《こ》られるからさ。あいつは鍵《かぎ》を持《も》ってるから、いつでも入ってきていつでも出ていける。」

「それはそうね。」

蘇芳《すおう》は何《なに》か考《かんが》えている様子《ようす》だ。

「じゃあ、もし『夏《なつ》の人』がその物騒《ぶっそう》なことをやっている犯人《はんにん》だとすると、彼《かれ》が何《なに》か仕《し》掛《か》けているあいだは、外部《がいぶ》に通《つう》じる扉《とびら》は開《ひら》いているということね？」

光彦《てるひこ》はハッとした。

「そうか。」

「でしょ。だって、内側《うちがわ》からは鍵《かぎ》が掛《か》けられない。彼《かれ》がここに侵入《しんにゅう》している時《とき》は、扉《とびら》の鍵《かぎ》が開《ひら》いているということになる。」

「だけど、始終扉《しじゅうとびら》を見張《みは》ってる訳《わけ》にはいかないからなあ。」

「でも、誰《だれ》かが外《そと》から入ってきたか確《たし》かめることはできるでしょ。ドアに糸を張《は》っておくとか、葉《は》っぱでも挟《はさ》んでおくとか。あるいは、内側《うちがわ》に何《なに》か置《お》いて、バリケードで侵入《しんにゅう》を防《ふせ》ぐっていう手もあるし。」

バリケード。

光彦《てるひこ》は、自分《じぶん》の部屋《へや》の机《つくえ》を思《おも》い浮《う》かべた。

「なるほど。そうか。少《すく》なくとも、誰《だれ》かが外《そと》から出入りしたかどうかは確《たし》かめられるね。うん、ありがとう、早速《さっそく》やってみるよ。」

「もっとも、他《ほか》に秘密《ひみつ》の通路《つうろ》があるのなら、話《はなし》は振《ふ》り出《だ》しに戻《もど》るけどね。」

「でも、可能性《かのうせい》のひとつは潰《つぶ》せる。」

光彦《てるひこ》は、気持《きも》ちが晴《は》れてくるのを感《かん》じた。

そうだ、びくびくしているだけじゃなくて、こちらからも攻《せ》めるべきだ。疑《うたが》っている可能性《かのうせい》をひとつずつ潰《つぶ》していけば、少《すく》なくとも何《なに》も分《わ》からず受身《うけみ》で怯《おび》えているよりずっといい。

そう考《かんが》えると、さっきまでの不安《ふあん》が嘘《うそ》のように消《き》え、今度《こんど》は急《きゅう》に恥《は》ずかしくなってきた。

「ごめんね、蘇芳《すおう》。僕《ぼく》ばっかりべらべら喋《しゃべ》って。」

「ううん、いいのよ。あたしも光彦《てるひこ》の話《はなし》を聞《き》いてると気分転換《きぶんてんかん》になる。」

「こんな愚痴《ぐち》でも？」

「うん。あたしは自分《じぶん》が愚痴《ぐち》るより、人の愚痴《ぐち》を聞《き》いているほうが楽《らく》なの。」

「蘇芳《すおう》らしいや。そっちはどう？」

光彦《てるひこ》は、更《さら》に恥《は》ずかしくなった。

そもそも、「そこにいるのかい、蘇芳《すおう》？」と言《い》ったあとに、まずこう質問《しつもん》するべきだった。蘇芳《すおう》のほうの様子《ようす》を聞《き》いてから、自分《じぶん》の不安《ふあん》を打《う》ち明《あ》けるべきだったのに。

僕《ぼく》ってちっちゃい奴《やつ》だなあ。

光彦《てるひこ》は赤くなった。この顔《かお》を見られないで済《す》むのはありがたい。

「うーん。今《いま》のところは平和《へいわ》ね。」

煮《に》え切《き》らない口調《くちょう》である。

「鐘《かね》は？」

「まだ一度《いちど》も鳴《な》ってない。」

「例《れい》の、何《なに》も知《し》らない子は？」

「戸惑《とまど》ってる。当然《とうぜん》だけど。」

蘇芳《すおう》が溜息《ためいき》をつくのが聞《き》こえた。弱音《よわね》を吐《は》かない彼女《かのじょ》にしては珍《めずら》しい。

「教《おし》えてあげたら？」

「うーん。でも、彼女《かのじょ》のお母《かあ》さんにも約束《やくそく》しちゃったし――なんとか本当《ほんとう》のことを教《おし》えずに彼女《かのじょ》をここから帰《かえ》すというのが当初《とうしょ》の計画《けいかく》なんだけど、やりおおせるか自信《じしん》がなくなってきちゃった。」

「蘇芳《すおう》以外《いがい》に誰《だれ》がそのことを知《し》ってるの？」

「何人《なんにん》かは知《し》ってて、協力《きょうりょく》してくれてる。あたし、その子たちにも悪《わる》くって。

自分《じぶん》のことだけでもたいへんなのに、こんなこと手伝《てつだ》わせて、ほんと申《もう》し訳《わけ》ないわ。」

「それを言《い》うなら、蘇芳《すおう》がいちばんたいへんじゃないか。しかも、蘇芳《すおう》は二度《ど》目《め》じゃない。なのに、そんな余計《よけい》な責任持《せきにんも》たされてさ。」

光彦《てるひこ》が不満《ふまん》げな声《こえ》を出すと、蘇芳《すおう》がふっと低《ひく》く笑《わら》ったのが分《わ》かった。

「それはいいの。あたしは自分《じぶん》のことだけ考《かんが》えてるより、何《なに》かしなきゃいけないことがあるほうが気が紛《まぎ》れる。」

蘇芳《すおう》の性格《せいかく》からいくとそうかもしれない。

彼女《かのじょ》が自分《じぶん》の不幸《ふこう》を思《おも》う存分嘆《ぞんぶんなげ》き悲《かな》しんでいるところなど、想像《そうぞう》しにくい。

「ねえ、光彦《てるひこ》。」

蘇芳《すおう》の口調《くちょう》が変《か》わった。

「あたし、どうして親《おや》の死《し》に際《ぎわ》にあたしたちが会《あ》わせてもらえないのか、なんとなく分《わ》かってきたような気がする。」

「え?」

思《おも》わぬ話題《わだい》に面喰《めんく》らう。

「それも——光彦《てるひこ》じゃないけど、今回《こんかい》、『夏《なつ》の人』を見てて、ふっと思《おも》いついたことなんだけどね。」

蘇芳《すおう》の声《こえ》は真剣《しんけん》で、緊張感《きんちょうかん》に満《み》ちていた。

その緊張感《きんちょうかん》が、不意《ふい》に光彦《てるひこ》にも乗《の》り移《うつ》ってきたような気がする。

「『夏《なつ》の人』を見て？　蘇芳《すおう》もあいつに悪意《あくい》を感《かん》じたってこと？」

「ううん、そうじゃなくて——。」

蘇芳《すおう》はもどかしげな声《こえ》を出した。

「きっと——きっと、そういうことなんだと思《おも》う。」

「そういうことって？」

「今《いま》は言《い》えない。もうちょっと——ううん、よく考《かんが》えて、考《かんが》えを整理《せいり》できたら、光彦《てるひこ》には話《はな》すわ。」

その声《こえ》は真剣《しんけん》であると同時《どうじ》に暗《くら》かった。

光彦《てるひこ》は、その声《こえ》にふと嫌《いや》な予感《よかん》がしたが、すぐにそのことを無意識《むいしき》に打《う》ち消《け》してしまった。

「分《わ》かった。」

「そろそろ行《い》くわ。今日《きょう》は長話《ながばなし》しちゃったし。」

「うん。」

「じゃあ、今度《こんど》は二日後《ふつかご》の二時《じ》ね。」

「了解《りょうかい》。」

土塀《どべい》の向《む》こうから立《た》ち去《さ》る気配《けはい》。

毎日同《まいにちおな》じ時間《じかん》に出かけていくと何《なに》をしているか気付《きづ》かれる恐《おそ》れがあるので、ここに来《く》る時間《じかん》はなるべくバラバラにするようにしていたのだ。

光彦《てるひこ》も立ち上がり（ずっとしゃがんでいたので足が痛《いた》かった）、そっと周囲《しゅうい》を窺《うかが》うとこそこそと引《ひ》き揚《あ》げていく。

＊

光彦《てるひこ》は、その足で最初《さいしょ》にここに入《はい》ってきた場所《ばしょ》へと向《む》かった。外《そと》から侵入《しんにゅう》している者《もの》がいるのかどうか。それを確《たし》かめる仕掛《しか》けを拵《こしら》えに行《い》ったのだ。

考《かんが》えてみれば、城《しろ》に到着《とうちゃく》して以来《いらい》、ここまで戻《もど》ってくるのは初《はじ》めてだった。どうせ出られない、迎《むか》えが来《く》るまで来《き》ても仕方《しかた》がないという先入観《せんにゅうかん》があって、足を運《はこ》ぶ気にならなかったのだ。

見れば見るほどがっしりとした扉《とびら》だ。内側《うちがわ》にはどこにも鍵《かぎ》がなく、のっぺりとした扉《とびら》である。おまけに、てっぺんには忍《しの》び返《がえ》しまで施《ほどこ》してあって、とてもじゃないが乗《の》り越《こ》えようなどという気になれない。

もっとも、登《のぼ》ろうと思《おも》えば登《のぼ》れるな、と光彦《てるひこ》は思《おも》った。

物置《ものおき》に小さなハシゴがあったし、ここを乗《の》り越《こ》えるのは難《むずか》しいことではない。

しかし、この扉《とびら》の向《む》こうにお濠《ほり》があることを考《かんが》えると、そこから先が難《むずか》しい。

光彦《てるひこ》は、扉《とびら》を押《お》してみた。

多少《たしょう》は動《うご》くのではないかと思《おも》ったが、びくともしない。扉《とびら》の向《む》こう側《がわ》で、がっちりと鍵《かぎ》が掛《か》けられ、かんぬきが掛《か》けられているのだろう。

さて、どんな仕掛《しか》けがいいかな。

光彦《てるひこ》は周囲《しゅうい》を見回《みまわ》した。

見ると、扉《とびら》の前《まえ》の地面《じめん》が少《すこ》し湿《しめ》っている。

この辺《あた》りは、日陰《ひかげ》になっているので、なかなか地面《じめん》が乾《かわ》かないのだ。昨日《きのう》の朝《あさ》降《ふ》った雨が、まだ残《のこ》っている。

閃《ひらめ》いて、光彦《てるひこ》は近《ちか》くの水道《すいどう》まで行《い》くと、バケツに水を入れて、扉《とびら》の前《まえ》に撒《ま》いた。

これなら、数日《すうじつ》は乾《かわ》かないだろう。この扉《とびら》を開《あ》けて誰《だれ》かが入ってきたら、必《かなら》ず足跡《あしあと》が残《のこ》るはずだ。

光彦《てるひこ》は自分《じぶん》のアイデアに満足《まんぞく》した。

もうひとつ、何《なに》か欲《ほ》しい。扉《とびら》が開《ひら》いたと必《かなら》ず確認《かくにん》できるもの。

蘇芳《すおう》の言葉《ことば》を思《おも》い出《だ》し、きょろきょろして、松葉《まつば》の切《き》れ端《はし》や、小さな葉《は》っぱを持《も》ってくる。

扉《とびら》の隙間《すきま》に松葉《まつば》を差《さ》し込《こ》み、扉《とびら》の下に葉《は》っぱを並《なら》べた。

扉《とびら》が開《あ》けば必《かなら》ず松葉《まつば》が落《お》ちるし、必《かなら》ず葉《は》っぱが動《うご》く。これなら確実《かくじつ》だろう。

光彦《てるひこ》は、自分《じぶん》の仕事《しごと》に満足《まんぞく》して、そこから引《ひ》き揚《あ》げることにした。

ゆっくりと深《ふか》まっていく夏《なつ》の午後《ごご》。

そろそろ夕飯《ゆうめし》の準備《じゅんび》でもするか。

こうして明《あか》るい庭《にわ》を眺《なが》めていると、自分《じぶん》の置《お》かれている奇妙《きみょう》な状況《じょうきょう》が嘘《うそ》のようだ。

蘇芳《すおう》と話《はな》し、門扉《もんぴ》に仕掛《しか》けを施《ほどこ》したことで、すっかり気持《きも》ちは晴《は》れて落《お》ち着《つ》いていた。

に潜《ひそ》み、佇《たたず》んでいるように見えた。

誰《だれ》かが卓也《たくや》の部屋《へや》に来《き》ているのか？

だが、卓也《たくや》は本に目を落《お》としたままだ。


卓也《たくや》は気付《きづ》いていない。


じりじりとその影《かげ》は、窓辺《まどべ》の卓也《たくや》に近付《ちかづ》いてきていた。

「卓也《たくや》、危《あぶ》ない！」

そう叫《さけ》んだのと、緑色《みどりいろ》の手がサッと伸《の》びてきて、卓也《たくや》を窓《まど》から突《つ》き落《お》としたのとは、ほぼ同時《どうじ》だった。

「わっ。」

卓也《たくや》は完全《かんぜん》に不意《ふい》を突《つ》かれたらしく、空中で手足をバタバタさせたが、奮闘《ふんとう》むなしく、池《いけ》に落《お》ちていった。

ざっぱーん、という音と、大きな水飛沫《みずしぶき》が上がった。

「卓也《たくや》！」

光彦《てるひこ》は駆《か》け出《だ》した。

池《いけ》はかなりの深《ふか》さがある。

卓也《たくや》の安否《あんぴ》も心配《しんぱい》だったが、部屋《へや》の中にいた誰《だれ》かのほうも気になった。

最短《さいたん》で回《まわ》り込《こ》んで卓也《たくや》の部屋《へや》に辿《たど》り着《つ》いたつもりだったが、部屋《へや》の中はもぬけの殻《から》。左右を窺《うかが》うがなんの気配《けはい》もなく、誰《だれ》かがここにいたという痕跡《こんせき》もない。

窓《まど》から下を覗《のぞ》き込《こ》む。

「大丈夫《だいじょうぶ》か？」

「うん。びっくりしたなー。」

池《いけ》の中で立《た》ち泳《およ》ぎをしている卓也《たくや》が、こちらを見上げている。

「あーあ、本が濡《ぬ》れちまった。」

彼《かれ》の隣《となり》にぷかぷかと開《ひら》いた本が浮《う》いている。

「突《つ》き落《お》とした奴《やつ》の顔《かお》、見たか？」

光彦《てるひこ》が尋《たず》ねると、卓也《たくや》は力なく首《くび》を振《ふ》る。

「全然《ぜんぜん》。誰《だれ》かが部屋《へや》の中にいるのもわかんなかったよ。」

「そうか。」

卓也《たくや》は本をつかみ、自分《じぶん》の頭《あたま》に開《ひら》いたまま載《の》せると、岸辺《きしべ》に向《む》かって泳《およ》ぎ始《はじ》めた。怪我《けが》はなさそうだ。


緑色《みどりいろ》の手。


卓也《たくや》を突《つ》き落《お》としたあの手が脳裏《のうり》に蘇《よみがえ》る。

気がつくと、光彦《てるひこ》は再《ふたた》び駆《か》け出《だ》していた。

「みどりおとこ」。あいつが卓也《たくや》を突《つ》き落《お》としたのか？　あいつは、ここに侵《しん》入《にゅう》しているのか？

元来《もとき》た道《みち》を引《ひ》き返《かえ》す。
目に汗《あせ》が流《なが》れ込《こ》んで痛《いた》かった。
午後《ごご》の陽射《ひざ》しが眩《まぶ》しく、すっかり息《いき》が上がってしまっている。
それでも、光彦《てるひこ》は走《はし》るスピードを弱《よわ》めなかった。
仕掛《しか》けを施《ほどこ》した門扉《もんぴ》のところまで一気に駆《か》け戻《もど》る。
はあはあと全身《ぜんしん》で息《いき》をし、次々《つぎつぎ》に流《なが》れ込《こ》む汗《あせ》で、視界《しかい》がぼやけていた。
光彦《てるひこ》はようやく足を止《と》め、膝《ひざ》を押《お》さえた。
全身《ぜんしん》からだらだらと汗《あせ》が流《なが》れているが、ようやく呼吸《こきゅう》が整《ととの》ってくる。
顔《かお》を上げ、汗《あせ》を拭《ぬぐ》い、扉《とびら》の前《まえ》の地面《じめん》を見た光彦《てるひこ》はあぜんとした。
泥《どろ》の中にくっきりとついた大きな足跡《あしあと》。
光彦《てるひこ》は自分《じぶん》が見ているものが信《しん》じられなかった。

これ、サイズは幾《いく》つだろう。相当《そうとう》に大きい。そう、ちょうどあの男――長身《ちょうしん》のあの男のサイズに思《おも》える。

そして、足跡《あしあと》の爪先《つまさき》は、こちらを向《む》いている。ちょうど扉《とびら》の向《む》こうからこちらに一歩《いっぽ》踏《ふ》み込《こ》んだ形《かたち》に。

扉《とびら》に挟《はさ》んでいた松葉《まつば》は落《お》ち、地面《じめん》に置《お》いた葉《は》っぱは乱《みだ》れて飛《と》んでいた。

侵入《しんにゅう》された。誰《だれ》かがあのあと扉《とびら》を開《あ》けたのだ。

あいつが。緑色《みどりいろ》のあいつが。

光彦《てるひこ》は、呆然《ぼうぜん》と立《た》ち尽《つ》くしたまま、その足跡《あしあと》を見下ろしていた。

第七章

暗《くら》い日曜日《にちようび》

それは思《おも》ったよりも早く、思《おも》ったよりも不意《ふい》に、思《おも》ったよりもあっけなくやってきた。

日曜日《にちようび》だった。

そのことを、後《あと》になってから光彦《てるひこ》はなぜか何度《なんど》も思《おも》い起《お》こすことになる。鐘《かね》が三回鳴《かいな》った時《とき》、今日《きょう》は日曜日《にちようび》なのに、と思《おも》ったことが強《つよ》く印象《いんしょう》に残《のこ》っていたからかもしれない。

日曜日《にちようび》はお休みの日だ。カレンダーにもしっかり書《か》いてある。休息日《きゅうそくび》、と。

いいことも、悪《わる》いことも、事件《じけん》も、事故《じこ》も、お休みのはずだった。

日曜日《にちようび》は誰《だれ》もがゆっくりと休む。「世間《せけん》」も休み、「現実《げんじつ》」も休み。そして、月《げっ》曜日《ようび》の朝《あさ》に、また始《はじ》まるなと伸《の》びをして、日常《にちじょう》という舞台《ぶたい》に出ていく。

家族《かぞく》の死《し》、それは現実《げんじつ》だ。当然《とうぜん》、表舞台《おもてぶたい》で起《お》きるべきもののはず。この、何《なに》よりも冷徹《れいてつ》で恐《おそ》ろしい現実《げんじつ》が、お休みの日に起《お》こるはずはない。無意識《むいしき》のうちに、そんなふうに思《おも》っていたのかもしれない。

もちろん、鎌《かま》が落《お》ちてきたとか、誰《だれ》かがいつのまにか外《そと》と行《い》き来《き》しているとか、卓也《たくや》が池《いけ》に突《つ》き落《お》とされたとか、不穏《ふおん》な事実《じじつ》がちりばめられた「現実《げんじつ》」は続《つづ》いていた。

卓也《たくや》を突《つ》き落《お》としたと申《もう》し出《で》た者《もの》はいなかった。鎌《かま》を仕掛《しか》けたと告白《こくはく》した者《もの》も。

五人目がいるのか？

それとも、誰《だれ》かが嘘《うそ》をついているのか？

誰《だれ》もがもやもやとした気持《きも》ちを抱《かか》え、形《かたち》にならない疑惑《ぎわく》をのどの奥《おく》に呑《の》みこんだまま、週末《しゅうまつ》に突入《とつにゅう》していた。

それでも――それでも、やはり日曜日《にちようび》は別《べつ》。この不穏《ふおん》な「現実《げんじつ》」も、日曜日《にちようび》までは侵食《しんしょく》してこないだろう。そう高《たか》をくくっていたのだ。

その朝《あさ》は、どことなく天気も「お休み」だった。

なんとも中途半端《ちゅうとはんぱ》などんよりした空で、暑《あつ》いのか涼《すず》しいのか、天気がいいのか悪《わる》いのか、「はっきりしろ。」と言《い》いたくなるような空。空が手抜《てぬ》きをしているのかと思《おも》うほど、形容《けいよう》しがたい天気だった。

どんよりした空の下、どんよりした朝食《ちょうしょく》を済《す》ませて、さて今日《きょう》はどう過《す》ごそうかと、各人《かくじん》がそれぞれの部屋《へや》に引《ひ》き上《あ》げようとした時《とき》。

おもむろに、鐘《かね》が鳴《な》り出《だ》した。

待《ま》ち構《かま》えていたように、と言《い》ってもいいかもしれない。

みんなが固《かた》まったように空を見上げる。

一回《かい》——二回《かい》——三回《かい》。

無言《むごん》で顔《かお》を見合《みあ》わせる。

確《たし》かに三回鳴《かいな》ったよな？　本当《ほんとう》だよな？

そんな表情《ひょうじょう》を互《たが》いに確《たし》かめる。

光彦《てるひこ》は、その時《とき》、妙《みょう》なことを考《かんが》えた。

この、よく通《とお》る鐘《かね》の音。

考《かんが》えてみると、こちらでは、女子部《じょしぶ》のほうの鐘《かね》は聞《き》こえない。もちろん、女子《じょし》部《ぶ》のほうでもこちらの鐘《かね》は聞《き》こえないらしい。

敷地《しきち》は隣接《りんせつ》しているのだし、土塀《どべい》に囲《かこ》まれてはいるものの、どちらも開放的《かいほうてき》な空間《くうかん》なのだから、あれだけはっきりとした鐘《かね》の音が聞《き》こえてもいいはずなのに。

いったい、どういう仕組《しく》みになっているのだろう。

しかし、そう考《かんが》えたこともすぐに忘《わす》れ、光彦《てるひこ》は他《ほか》のみんなと一緒《いっしょ》に無言《むごん》であの場《ば》所《しょ》に向《む》かった。

忌《い》まわしき場《ば》所《しょ》。ついこのあいだも訪《おとず》れた場《ば》所《しょ》。宣告《せんこく》と鎮魂《ちんこん》の場《ば》所《しょ》。

前《まえ》にここに来《き》た時《とき》のことが頭《あたま》を過《よ》ぎる。

木立の中に立っていた影《かげ》――手にしていた鎌《かま》――そして、誰《だれ》の親《おや》のものでもなかった、見知《みし》らぬ番号《ばんごう》。

どことなく困惑《こんわく》した顔《かお》で、四人はそこに辿《たど》り着《つ》き、つかのま呆然《ぼうぜん》とその場《ば》に立《た》ち尽《つ》くしていた。

互《たが》いに探《さぐ》るような目つき。

分《わ》かってはいても、足が前《まえ》に出ない。

が、前回同様《ぜんかいどうよう》、幸正《ゆきまさ》が小さく溜息《ためいき》をつき、「やっぱり僕《ぼく》かな。」と呟《つぶや》くと、スッと前《まえ》に出た。

ホッとする気持《きも》ちと、後《うし》ろめたいような気持《きも》ちが交錯《こうさく》する。

幸正《ゆきまさ》は勇気《ゆうき》がある。それに引《ひ》き換《か》え、自分《じぶん》は――

前《まえ》に出なかった三人で、うじうじとそんな気持《きも》ちを共有《きょうゆう》しているのを感《かん》じる。

幸正《ゆきまさ》はこのあいだと同《おな》じようにサッとお地蔵《じぞう》さんの後《うし》ろを覗《のぞ》き込《こ》んだ。

静止《せいし》。

やがて、顔《かお》を上げると、無表情《むひょうじょう》に呟《つぶや》いた。

「415。」

光彦《てるひこ》は、ぷちんと何《なに》かが弾《はじ》ける音を聞《き》いたような気がした。

415。

今《いま》、幸正《ゆきまさ》はそう言《い》った。415。なんとなく「よいこ」という語呂合《ごろあ》わせで覚《おぼ》えていた、光彦《てるひこ》の母《はは》の患者番号《かんじゃばんごう》。

光彦《てるひこ》はいい子ねえ。

そう言《い》って微笑《ほほえ》む母《はは》の顔《かお》が、不意《ふい》に鮮明《せんめい》に蘇《よみがえ》った。もう何年《なんねん》も見ていなかったし、このごろではあまり思《おも》い出《だ》すこともなかった顔《かお》。

光彦《てるひこ》はいい子ねえ。

母《はは》の口癖《くちぐせ》だった。

不思議《ふしぎ》と涙《なみだ》は出なかったし、哀《かな》しみも覚《おぼ》えなかった。ただ、音が聞《き》こえた。

ぷちん。

何《なに》かが断《た》ち切《き》られた音、何《なに》かが手の届《とど》かないひどく遠《とお》いところに行《い》ってしまったのだという確信《かくしん》の音。

とっくにあきらめていると思《おも》っていた。もう帰《かえ》ってこないのだと知《し》っているはずだった。

けれど——けれど、こんなに大きな喪失感《そうしつかん》が襲《おそ》ってくるなんて。

「——おい、大丈夫《だいじょうぶ》か。」

卓也《たくや》の声《こえ》が上から降《ふ》ってきたので、光彦《てるひこ》は自分《じぶん》がいつのまにかその場《ば》にしゃがみこんでしまっていることに気付《きづ》く。

変《へん》だ。足に力が入らない。

「おまえの？」

幸正《ゆきまさ》が光彦《てるひこ》の顔《かお》を見ている。

こっくりと頷《うなず》くと、光彦《てるひこ》はなんとかよろよろと起《お》き上《あ》がり、幸正《ゆきまさ》のところに歩《ある》いていくと、自分《じぶん》の目で番号《ばんごう》を確《たし》かめた。

黒《くろ》い壁《かべ》の中に浮《う》かんでいる、赤いデジタル数字《すうじ》。

415。

光彦《てるひこ》はそっとその赤い数字《すうじ》を指《ゆび》でなぞった。

番号《ばんごう》だけになってしまったお母《かあ》さん。そして、この番号《ばんごう》が付《つ》いていた身体《からだ》も、じきにこの世《よ》から消《き》えてなくなってしまうのだ――

いつのまにか、卓也《たくや》と耕介《こうすけ》もそばに来《き》ていて、卓也《たくや》が肩《かた》を抱《かか》えていてくれた。

虚無感《きょむかん》。

自分《じぶん》が当事者《とうじしゃ》だということが、なかなか実感《じっかん》できなかった。どう反応《はんのう》すればいいのかも分《わ》からない。泣《な》き叫《さけ》ぶ、という感《かん》じでもないし、嘆《なげ》き哀《かな》しむ、というのも違《ちが》う。

一緒《いっしょ》にいる三人が深《ふか》く同情《どうじょう》してくれているのも分《わ》かる。いや、同情《どうじょう》というより も、共感《きょうかん》かもしれない。光彦《てるひこ》に対《たい》する共感《きょうかん》は、すなわち自分《じぶん》に対《たい》する共感《きょうかん》なのだ。いわば、自分《じぶん》の未来《みらい》を先取《さきど》りした、未来《みらい》の自分《じぶん》に対《たい》する同情《どうじょう》であり共感《きょうかん》なのだろう。

そんなことをどこかで冷静《れいせい》に判断《はんだん》している自分《じぶん》が不思議《ふしぎ》だった。

運命共同体《うんめいきょうどうたい》。

光彦《てるひこ》の頭《あたま》には、そんな言葉《ことば》が浮《う》かんでいた。

ここまで深《ふか》く共感《きょうかん》できる人間《にんげん》は、この先そうそう出会《であ》うことはないだろうという気がした。

だが、そう確信《かくしん》するいっぽうで、彼《かれ》は小さな違和《いわ》感《かん》を覚《おぼ》えていた。

こうして寄《よ》り添《そ》い、深《ふか》い喪失感《そうしつかん》を共有《きょうゆう》しているはずの四人。

素直《すなお》に悲《かな》しみを共有《きょうゆう》しているはずの四人のどこかに、強張《こわば》った冷《つめ》たい塊《かたまり》がある。

なんだろう、この冷《つめ》たい違和感《いわかん》は。

光彦《てるひこ》は、その違和感《いわかん》の塊《かたまり》がどこにあるのかを探《さが》していた。

誰《だれ》が持《も》っているのだ？　この塊《かたまり》を。

うまく言《い》えないのだが、悲《かな》しみを拒絶《きょぜつ》している。悲《かな》しみを遮断《しゃだん》している。悲《かな》しみに浸《ひた》ることに抵抗《ていこう》している。そんな気がした。

同《おな》じ色《いろ》のペンキで塗《ぬ》りつぶされている壁《かべ》に、一か所《しょ》だけ不自然《ふしぜん》な突起《とっき》があって、そこだけ刷毛《はけ》が引《ひ》っかかってしまい、きちんとペンキが塗《ぬ》れない。そんなイメージが頭《あたま》に浮《う》かんだ。

どのくらいそうしていただろうか。

光彦《てるひこ》は、大きく溜息《ためいき》をついた。

みんながハッとして、身体《からだ》を離《はな》す。

夢《ゆめ》から覚《さ》めたような心地《ここち》がして、おどおどと互《たが》いの顔《かお》を見る。

もう、黒《くろ》い壁《かべ》の小さな窓《まど》から赤い数字《すうじ》は消《き》えていた。

「なんていうか——結構《けっこう》、間抜《まぬ》けだよね。」

光彦《てるひこ》は苦笑《にがわら》いした。

「自分《じぶん》の親《おや》の数字《すうじ》見たら、どうなるんだろう、どう感《かん》じるんだろうってずっと考《かんが》えてたんだけど、別《べつ》に何《なに》か手続《てつづ》きするわけでもないし、葬式《そうしき》するわけでもない。意外《いがい》に間《ま》が持《も》てないもんだなあ。」

そんなあっけらかんとした台詞《せりふ》が自分《じぶん》の口から出ているのが不思議《ふしぎ》だった。実際《じっさい》、これまでいつ来《く》るかいつ来《く》るかと緊張《きんちょう》していたことが嘘《うそ》のようだった。

そんな重力《じゅうりょく》から解放《かいほう》されて、身体《からだ》が軽《かる》く感《かん》じられた。

最初《さいしょ》に襲《おそ》ってきた強《つよ》い喪失感《そうしつかん》は、もう身体《からだ》じゅうの隅々《すみずみ》までしみわたっていて、光彦《てるひこ》の一部《いちぶ》になってしまっている。これからずっとこれを抱《かか》えて生きていくのだろうが、既《すで》にそのことにも慣《な》れ始《はじ》めているようだった。

僕《ぼく》って、こんなにドライな、冷《つめ》たい奴《やつ》だったのか。

自分《じぶん》の反応《はんのう》が意外《いがい》でもあり、後《うし》ろめたくもあり——そして、正直《しょうじき》に言《い》うと、ちょっと誇《ほこ》らしくも感《かん》じていた。

「――そうなんだよね。」

幸正《ゆきまさ》が呟《つぶや》いた。

「ここに来《く》るのってさ、はっきりいって僕《ぼく》たちのためじゃないじゃん？」

幸正《ゆきまさ》は肩《かた》をすくめた。

「だって、僕《ぼく》たち、ほとんど放置《ほうち》プレイだよね。このキャンプを考《かん》えた奴《やつ》は、全然僕《ぜんぜんぼく》らのことなんか考《かん》えてない。これって、ずばり、死《し》んでいく患者《かんじゃ》のためのものなんだ。だから、僕《ぼく》たちには何《なに》も知《し》らされないし、こうして患者番号《かんじゃばんごう》がビンゴでも、景品《けいひん》が出るわけでも、誰《だれ》かが誉《ほ》めてくれるわけでもない。いつだ、まだか、と気を揉《も》んでるだけで、虚《むな》しいっちゃ虚《むな》しいんだよな。」

おっと、幸正《ゆきまさ》のほうがやはりずっとドライだな。

光彦《てるひこ》は、内心苦笑《ないしんくしょう》しつつも、そんな幸正《ゆきまさ》のドライなところに救《すく》われたような心地《ここち》がした。

死《し》んでいく患者《かんじゃ》のためのもの――

「戻《もど》るか。」

耕介《こうすけ》が呟《つぶや》いた。

「うん。みんな、先に戻《もど》っていいよ。僕《ぼく》、一応《いちおう》もうちょっとここにいて、お地《じ》蔵《ぞう》さん拝《おが》んでくわ。」

光彦《てるひこ》はそう言《い》って、みんなに戻《もど》るよう手を振《ふ》って促《うなが》した。

「ん。」

「そうだな。」

「じゃ、先行《い》ってる。」

三人は口々にそう言《い》うと、ゆっくりと引《ひ》き揚《あ》げていった。

一人《ひとり》になって、光彦《てるひこ》はもう一度《いちど》大きく深呼吸《しんこきゅう》をした。

改《あらた》めて、黒《くろ》い壁《かべ》を見つめる。

そこには、暗《くら》い鏡《かがみ》のような壁《かべ》に、ぽつんと佇《たたず》む少年《しょうねん》の姿《すがた》が映《うつ》っていた。

光彦《てるひこ》は、自分《じぶん》がひどく疲《つか》れていることに気付《きづ》いた。

緊張《きんちょう》しているのも、哀《かな》しむのも、喪失感《そうしつかん》を覚《おぼ》えるのも、結構《けっこう》エネルギーを必要《ひつよう》とするものなんだな。

そんなことを考《かんが》える。

お母《かあ》さん、さよなら。

そう、口の中で呟《つぶや》いてみる。

この先、お母《かあ》さんのことを思《おも》い出《だ》す時《とき》は、この黒《くろ》い壁《かべ》に映《うつ》った間抜《まぬ》けな自分《じぶん》の姿《すがた》を思《おも》い浮《う》かべるんだろうか。

黒《くろ》い壁《かべ》に映《うつ》った自分《じぶん》は、いかにも覇気《はき》がなく、ぼんやりしているように見えた。

あんまり、いかしているイメージじゃないな。

なんとなく、背筋《せすじ》を伸《の》ばして「気をつけ」のポーズを取《と》ってみる。

が、馬鹿馬鹿《ばかばか》しくなって、すぐにやめた。

お地蔵《じぞう》さんの前《まえ》にしゃがんで、手を合《あ》わせる。

もう、とっくに壁《かべ》の向《む》こう側《がわ》には誰《だれ》もいなくなっているだろう。

がらんとした廊下《ろうか》を想像《そうぞう》しながら、すりへったお地蔵《じぞう》さんの顔《かお》を撫《な》でてみる。

お母《かあ》さんを、よろしく頼《たの》みます。

どうせ別《べつ》の場所《ばしょ》に行《い》ってしまっているし、もう一度《いちど》この場所《ばしょ》に来《く》る可能性《かのうせい》は限《かぎ》りなく低《ひく》い。それでも、光彦《てるひこ》は頭《あたま》を下げずにはいられなかった。

景品《けいひん》が出るわけでも、誰《だれ》かが誉《ほ》めてくれるわけでもない。

幸正《ゆきまさ》が言《い》ったとおりだ。

その瞬間《しゅんかん》を見たわけでもないし、この先も見せてもらえない。ならば、自分《じぶん》で区切《くぎ》りをつけるしかない。

しばらく自分《じぶん》の中で気持《きも》ちを整理《せいり》していたが、やがてその堂々巡《どうどうめぐ》りにも飽《あ》きて、光彦《てるひこ》は立ち上がった。思《おも》ったよりも長《なが》いことしゃがみこんでいたのか、足が痺《しび》れ、かすかに眩暈《めまい》がする。

相変《あいか》わらず空はどんよりしていたし、熱風《ねっぷう》とも、ひんやりしているとも言《い》いがたい気持《きも》ちの悪《わる》い風《かぜ》が吹《ふ》いていた。

なんともパッとしないなあ。

そう溜息《ためいき》をつきながら、ぶらぶらと自分《じぶん》の部屋《へや》のほうに戻《もど》り始《はじ》めたその時《とき》。

ふと、光彦《てるひこ》は、何《なに》かの気配《けはい》を感《かん》じた。

反射的《はんしゃてき》に後《うし》ろを見る。

そこには、あの、かすかに傾斜《けいしゃ》した水路《すいろ》があった。

いつものように、静《しず》かに水が流《なが》れている。

なんだろう?

光彦《てるひこ》は足を止《と》め、周囲《しゅうい》の様子《ようす》を窺《うかが》った。

ふと、花が流《なが》れてくるのを見た。

赤い花。

鮮《あざ》やかな色《いろ》の赤い花が、ぽつんと上流《じょうりゅう》のほうから流《なが》れてきて、ゆっくりと目《め》の前《まえ》を通《とお》り過《す》ぎていった。

もしかして、あれはお母《かあ》さんの花かもしれない。そんな気がした。

今《いま》のは花の気配《けはい》だったのかな。なんだか、水路《すいろ》を見ていると、花が流《なが》れてくる時《とき》は分《わ》かるように思《おも》えるのだ。

光彦《てるひこ》は再《ふたた》び歩《ある》き出《だ》そうとして、水路《すいろ》に背《せ》を向《む》けた。

——ちゃぷん。

水の音がした。

魚《さかな》でも跳《は》ねたのかな。構《かま》わず歩《ある》き出《だ》す。

——ちゃぷん、ちゃぷん、ごぼ、ごぼ、ごぼ。

泡立《あわだ》つような音。

なんだ？

もう一度《いちど》、足を止《と》め、後《うし》ろを振《ふ》り向《む》いた。

「え？」

光彦《てるひこ》は、思《おも》わず声《こえ》を上げていた。

水路《すいろ》の中に、何《なに》かいる。

ゆらり、と緑色《みどりいろ》の塊《かたまり》が動《うご》いていた。
と、水路《すいろ》のへりに、ぴちゃん、と何《なに》かが現《あらわ》れた。
緑色《みどりいろ》の手。
光彦《てるひこ》は、自分《じぶん》が見ているものが信《しん》じられなかった。
指《ゆび》だ。緑色《みどりいろ》の五本の指《ゆび》が、水路《すいろ》のへりをつかみ、何《なに》かを探《さが》すようにまさぐっている。
少《すこ》し離《はな》れたところでも、更《さら》に五本の指《ゆび》がへりをつかんだ。
ぐぐ、と十本の指《ゆび》に力が込《こ》められる。
上がってくる。光彦《てるひこ》はそう直感《ちょっかん》した。
水の中にいる何《なに》かが、岸《きし》に上がってこようとしているのだ。
逃《に》げなくては。
そう思《おも》っているのに、身体《からだ》が動《うご》かない。
緑色《みどりいろ》の腕《うで》が伸《の》びてきた。ぎくしゃくと動《うご》きながら、地面《じめん》を探《さぐ》る。

そいつは、ワニが陸《おか》に上がろうとするように、水路《すいろ》から身《み》を乗《の》り出《だ》し、地面《じめん》にのしかかるようにした。つかのま動《うご》きを止《と》め、少《すこ》し休んでから、ゆっくりと這《は》い上《あ》がってきた。

緑《みどり》の髪《かみ》、緑《みどり》の手。身体《からだ》には、ピンク色《いろ》の布《ぬの》をまとっている。海草《かいそう》のように広《ひろ》がった髪《かみ》の毛《け》が頭《あたま》を覆《おお》っていて、顔《かお》は見えない。

そいつは苦労《くろう》して、岸辺《きしべ》に這《は》い上《あ》がった。ざばあっ、という音がして、岸《きし》に水飛沫《みずしぶき》が飛《と》ぶ。

「みどりおとこ」？　なぜこんなところに？

混乱《こんらん》した頭《あたま》で考《かんが》えていると、そいつはゆっくりと顔《かお》を上げた。

赤と緑《みどり》のまだら模様《もよう》になった顔《かお》——血《ち》まみれの顔《かお》を。

光彦《てるひこ》は声《こえ》にならない悲鳴《ひめい》を上げた。

らんらんと輝《かがや》く緑色《みどりいろ》の目が、ひたとこちらを見据《みす》えた。

やはり、「みどりおとこだ」。

顔《かお》も髪《かみ》の毛《け》も緑色《みどりいろ》なのに、その顔《かお》は、血《ち》に覆《おお》われていた。水に混《ま》じって、濁《にご》った血《ち》がぽたぽたと地面《じめん》に落《お》ちている。

目がカッと見開《みひら》かれ、「みどりおとこ」は、凄《すさ》まじい笑《え》みを浮《う》かべた。

「ひっ。」

思《おも》わず悲鳴《ひめい》を飲《の》み込《こ》んだのは、歯《は》が真《ま》っ赤《か》に染《そ》まっていたからだった。しかも、歯《は》の隙間《すきま》には、なにやら細《こま》かい肉片《にくへん》のようなものが挟《はさ》まっていて、唇《くちびる》からも赤い糸に似《に》たものがぶらさがっている。

「みどりおとこ」は、光彦《てるひこ》を見て笑《わら》いながら、ゆっくりと立ち上がった。

身体《からだ》にまとった布《ぬの》も、血《ち》に濡《ぬ》れていた。水なのか、血《ち》なのか分《わ》からないが、水路《すいろ》の中にいるうちにピンク色《いろ》の布《ぬの》になってしまっていた。

ぐちゃぐちゃの髪《かみ》の毛《け》がからまった頭《あたま》が、ぎくしゃくと左右に揺《ゆ》れていた。

光彦《てるひこ》は動《うご》けない。

「光彦《てるひこ》。」

唐突《とうとつ》に、そいつは喋《しゃべ》った。

しわがれてかすれた、どこか調子《ちょうし》っぱずれな声《こえ》だ。

自分《じぶん》の名前《なまえ》を呼《よ》ばれたことに気付《きづ》くまでしばらくかかった。

今《いま》、僕《ぼく》の名前《なまえ》を呼《よ》んだ？

「――光彦《てるひこ》。」

そいつは繰《く》り返《かえ》し、咳《せ》き込《こ》んだ。ごぼ、という音がして、喉《のど》の奥《おく》から何《なに》かが飛《と》び出《だ》す。

地面《じめん》に落《お》ちた白いもの。

目が吸《す》い寄《よ》せられて、焦点《しょうてん》を結《むす》ぶ。

歯《は》だ。白い、奥歯《おくば》。血《ち》と肉片《にくへん》にまみれている。

こいつ、何《なに》をしてきたんだ？　誰《だれ》かを食《た》べたのか？　馬鹿《ばか》な。そんなはずは。

頭《あたま》ではそれを必死《ひっし》に否定《ひてい》しようとするのだが、目《め》の前《まえ》に落《お》ちたそれは、どうみても人間《にんげん》の歯《は》だった。

そいつは、一歩《いっぽ》前《まえ》に出た。

がくんと身体《からだ》が揺《ゆ》れ、大きくかしいだが、なんとかまっすぐに立ち上がる。

ぽたぽたと、「みどりおとこ」の全身《ぜんしん》から、水と血《ち》の混《ま》じったものが地面《じめん》に落《お》ちる。

「光彦《てるひこ》は、いい子、」

調子《ちょうし》っぱずれの声《こえ》が言《い》う。

「光彦《てるひこ》は、いい子――ねえ？」

全身《ぜんしん》に鳥肌《とりはだ》が立った。

「みどりおとこ」は、そう言《い》って、首《くび》をかしげ、奇妙《きみょう》な笑《え》みを浮《う》かべた。

「光彦《てるひこ》は、いい子ねえ？」

繰《く》り返《かえ》される声《こえ》。

「みどりおとこ」は、がくんがくんと頷《うなず》いた。
光彦《てるひこ》は、自分《じぶん》がパニックに陥《おちい》っているのを感《かん》じた。
馬鹿《ばか》な。どうしてこいつが、お母《かあ》さんの口癖《くちぐせ》を知《し》ってるんだ？　なぜこいつがこれを？
「みどりおとこ」が、また一歩《いっぽ》前《まえ》に出る。

僕《ぼく》の心《こころ》を読《よ》んだのか？

「みどりおとこ」が、手を伸《の》ばした。
ぴちゃん、と水と血《ち》が混《ま》じったものが飛《と》んできて、光彦《てるひこ》の足元《あしもと》に落《お》ちる。
その瞬間《しゅんかん》、悟《さと》った。
こいつは、僕《ぼく》に近寄《ちかよ》ろうとしている。こいつは、僕《ぼく》を手に入れようとしている。
こいつは僕《ぼく》を、食《た》べようとしている。

「てる、ひこ。」

「みどりおとこ」の目が、更《さら》に大きく見開《みひら》かれて、こちらに迫《せま》ってこようとした瞬間《しゅんかん》。

突然《とつぜん》、足が動《うご》いた。

光彦《てるひこ》は、何《なに》も考《かんが》えなかった。くるりと背《せ》を向《む》け、真《ま》っ白《しろ》な頭《あたま》のまま、そこから一目散《いちもくさん》に駆《か》け出《だ》した。

後《うし》ろで自分《じぶん》の名前《なまえ》を呼《よ》ぶ気配《けはい》を感《かん》じていたが、光彦《てるひこ》はひたすらに駆《か》けた。

脳内《のうない》では、「みどりおとこ」が凄《すご》い勢《いきお》いで追《お》いかけてくるところが浮《う》かんでいた。今《いま》にも追《お》いつかれ、しがみつかれるところが何度《なんど》も何度《なんど》も目に浮《う》かんだ。

いったい、どこをどのように駆《か》けてきたのかは記憶《きおく》にない。

気《き》が付《つ》くと、光彦《てるひこ》は門《もん》のところにもたれて、汗《あせ》だくで荒《あら》い呼吸《こきゅう》をしていた。

自分《じぶん》が一人《ひとり》きりであり、誰《だれ》も追《お》ってきていないことに気付《きづ》いたのは、更《さら》にそれからしばらくして、ようやく普通《ふつう》に呼吸《こきゅう》ができるようになってからだった。

第八章

動揺《どうよう》の理由《りゆう》

「なんですって？　『夏《なつ》の人』が光彦《てるひこ》のお母《かあ》さんの口癖《くちぐせ》を？」

いつものように、ほとんど一方的《いっぽうてき》に光彦《てるひこ》がここ二日《ふつか》間《かん》の出来事《できごと》を早口に訴《うった》えるのに耳を傾《かたむ》けていた蘇芳《すおう》が明《あき》らかに動揺《どうよう》したのは、「みどりおとこ」が水路《すいろ》から上がってきた時《とき》に呟《つぶや》いた内容《ないよう》について話《はな》した時《とき》だった。

光彦《てるひこ》には、そのことが意外《いがい》に感《かん》じられた。

「みどりおとこ」が水路《すいろ》から上がってきたという話《はなし》には相当《そうとう》インパクトがあるはずだ。当然《とうぜん》そこで驚《おどろ》くかと思《おも》ったのに、彼女《かのじょ》はそこではあまり反応《はんのう》しなかったからである。

それでなくとも、光彦《てるひこ》はほぼパニックに陥《おちい》っていた。

結局《けつきよく》、彼《かれ》はあの出来事《できごと》を、卓也《たくや》にも誰《だれ》にも話《はな》すことができなかった。本当《ほんとう》にあったことなのに、説明《せつめい》しようとするとあまりにも信《しん》じがたい話《はなし》だ。みんなに奇異《きい》な目で見られるのではないかと思《おも》うと、どうしても言《い》い出《だ》せなかったのだ。

しかし、黙《だま》っているにはあまりにも強烈《きょうれつ》な体験《たいけん》だった。

あのあと自分《じぶん》の部屋《へや》に帰《かえ》ったものの、今《いま》にも「みどりおとこ」がまた現《あらわ》れるのではないか、また水から上がってくるのではないかと恐《おそ》ろしくてたまらず、ろくに眠《ねむ》れなかった。

ぴしゃんという水の音を聞《き》くと過敏《かびん》に反応《はんのう》してしまうし、いったいどこに潜《ひそ》んでいるのかと思《おも》うと、外《そと》を歩《ある》くのも恐《おそ》ろしかった。

しかも、昨夜《さくや》は三回鐘《かいかね》が鳴《な》った。

深夜《しんや》だった。

日付《ひづけ》が変《か》わったばかりの頃《ころ》、唐突《とうとつ》に鳴《な》ったのだ。

部屋《へや》でうとうとしていた光彦《てるひこ》は、最初夢《さいしょゆめ》かと思《おも》った。

が、「光彦《てるひこ》、起《お》きてるか?」という卓也《たくや》の呼《よ》び声《ごえ》でハッとした。

鐘《かね》——鳴《な》った。やっぱり鳴《な》ったのだ。

寝《ね》ぼけまなこで飛《と》び出《だ》し、あの場所《ばしょ》に集《あつ》まってみたら、もう耕介《こうすけ》がうずくまって声《こえ》を殺《ころ》して泣《な》いていた。

慰《なぐさ》める言葉《ことば》もなく、みんなでしばらくそこにいた。

大柄《おおがら》な耕介《こうすけ》がうずくまって泣《な》いているところは、なぜか不思議《ふしぎ》な感《かん》じがした。

そうか。これが正しい態度《たいど》なのだ。

光彦《てるひこ》はぼんやりとそんなことを考《かんが》えた。

家族《かぞく》を亡《な》くしたのだ。悲《かな》しいことなのだ。号泣《ごうきゅう》したり、泣《な》き叫《さけ》んだりするほうが普通《ふつう》だろう。

ふと見ると、卓也《たくや》が貰《もら》い泣《な》きしているのに気付《きづ》いたが、それでも光彦《てるひこ》は涙《なみだ》が湧《わ》いてこないのを他人事《ひとごと》のように感《かん》じていた。

どうして涙《なみだ》が出てこないんだろう。やっぱり僕《ぼく》って冷《つめ》たいんだろうか？

いや、心《こころ》の底《そこ》では分《わ》かっていたのだ――今《いま》の自分《じぶん》は、悲《かな》しみが恐怖《きょうふ》に塗《ぬ》り替《か》えられてしまっていて、悲《かな》しむことができないのだと。水路《すいろ》から上がってきた「みどりおとこ」に遭遇《そうぐう》した瞬間《しゅんかん》から、母《はは》の死《し》は得体《えたい》の知《し》れない恐《おそ》ろしいものに置《お》き換《か》えられてしまった。あの瞬間《しゅんかん》から、自分《じぶん》は恐怖《きょうふ》に囚《とら》われているのだ。

耕介《こうすけ》をみんなで言葉《ことば》少《すく》なに慰《なぐさ》め、それぞれがどんよりした心地《ここち》で自分《じぶん》の部屋《へや》に引《ひ》き揚《あ》げたのは、二時《じ》近《ちか》かったのではないだろうか。

それから夜明《よあ》けまでの時間《じかん》は、まさに悪夢《あくむ》としかいいようがなかった。

お地蔵《じぞう》さんのところに行《い》ったあとで、水路《すいろ》からあいつが上がってきた。

あの時《とき》の出来事《できごと》だけが何度《なんど》も頭《あたま》の中で巻《ま》き戻《もど》される。またお地蔵《じぞう》さんのところに行《い》ったのだから、再《ふたた》びあいつがやってくるのではないかという恐怖《きょうふ》に苛《さいな》まれ続《つづ》けたのだ。

眠《ねむ》るにも眠《ねむ》れず、簡単《かんたん》なバリケードを築《きず》いただけの部屋《へや》の中で、光彦《てるひこ》は壁《かべ》に背《せ》中《なか》をつけて丸《まる》まって過《す》ごした。

ベッドに横《よこ》たわっていると、この上なく無防備《むぼうび》な感《かん》じがして、たまらない。今《いま》にも上からあいつが覆《おお》いかぶさってくるように思《おも》えてならない。せめて背中《せなか》を壁《かべ》につけて座《すわ》っていると、少《すこ》しだけ安心《あんしん》できた。この体勢《たいせい》ならいつでも逃《に》げ出《だ》せる、とひたすら自分《じぶん》に言《い》い聞《き》かせる。

一分一秒《いっぷんいちびょう》が恐《おそ》ろしかった。いつ果《は》てるともない恐怖《きょうふ》の時間《じかん》。

それでも、いつしか恐怖《きょうふ》し続《つづ》けることに疲《つか》れてうとうとする。すると、すかさずあいつがやってくる夢《ゆめ》を見る。

窓《まど》から侵入《しんにゅう》するあいつの姿《すがた》を繰《く》り返《かえ》し夢《ゆめ》に見て、「ひっ。」と悲鳴《ひめい》を上げて目覚《めざ》めることを繰《く》り返《かえ》しているうちに、果《は》たしてこれは夢《ゆめ》なのか現実《げんじつ》なのか、今《いま》はいったいいつなのかが錯綜《さくそう》していく。

ゆうべの鐘《かね》は？　耕介《こうすけ》がうずくまって泣《な》いていたのは夢《ゆめ》だったのか？

それでは、お母《かあ》さんが死《し》んだのは？　あれも夢《ゆめ》か？

ぐるぐると頭《あたま》の中でさまざまなイメージが渦巻《うずま》き、意識《いしき》が朦朧《もうろう》として揺《ゆ》れ動《うご》いているあいだに、いつしか明《あか》るくなっていた。

この上なく疲《つか》れ切《き》っていたが、かといって横《よこ》になる気もせず、のろのろと朝《ちょう》食《しょく》に出かけていく。

みんなも疲《つか》れた顔《かお》でどんよりしていて、無言《むごん》の朝食《ちょうしょく》だった。

耕介《こうすけ》は目が赤かった。あのあとも泣《な》き続《つづ》けたのだろう。

おまえのところにはあいつが来《こ》なかったか？

光彦《てるひこ》はその質問《しつもん》が喉元《のどもと》まで出かかっているのを何度《なんど》も感《かん》じたが、結局《けつきょく》口にすることはできなかった。

耕介《こうすけ》の様子《ようす》からは、彼《かれ》が自分《じぶん》と同《おな》じ目に遭《あ》ったのかは分《わ》からなかった。

彼《かれ》は泣《な》き疲《つか》れて放心状態《ほうしんじょうたい》らしく、質問《しつもん》しても返事《へんじ》があったかどうか怪《あや》しいものである。

その後《ご》も、言《い》いようのない宙《ちゅう》ぶらりんで、陰鬱《いんうつ》な空気の中、光彦《てるひこ》は何《なに》もする気がせずに部屋《へや》に引《ひ》き揚《あ》げた。

長閑《のどか》な午後《ごご》だったが、相変《あいか》わらず身体《からだ》の中で何《なに》かが凝《こご》ったままだ。

ところが、運命《うんめい》は容赦《ようしゃ》なかった。

みんなが昼食《ちゅうしょく》をすませて部屋《へや》に引《ひ》き揚《あ》げて一息《ひといき》ついた時《とき》、またしても鐘《かね》が三回《かい》鳴《な》ったのである。

一回《かい》――二回《かい》――三回《かい》。

今度《こんど》は、動揺《どうよう》はなかった。

また鳴《な》った。鐘《かね》が三回鳴《かいな》った。

どちらかが死《し》んだ。

幸正《ゆきまさ》か、卓也《たくや》の親《おや》が。

ののろと部屋《へや》を出ていく少年《しょうねん》たち。

早足ではあったが、前《まえ》の二回《かい》ほど急《いそ》いではいなかった。互《たが》いに顔《かお》も見ない。よそよそしい、そして前《まえ》よりも慣《な》れた雰囲気《ふんいき》で、少年《しょうねん》たちはお地蔵《じぞう》さんのところに集《あつ》まった。

あきらめの境地《きょうち》。

覗《のぞ》き込《こ》む卓也《たくや》と幸正《ゆきまさ》。

ふう、と天を仰《あお》いで卓也《たくや》が溜息《ためいき》をついた。

てっきり、卓也《たくや》の親《おや》ではないという安堵《あんど》の溜息《ためいき》かと思《おも》ったら、「うちだ。」と小さく呟《つぶや》いたので、諦観《ていかん》の溜息《ためいき》だと気付《きづ》いた。

夜《よる》に昼《ひる》と立《た》て続《つづ》けだったので、どこかに一連《いちれん》の流《なが》れのようなものができていたのかもしれない。

光彦《てるひこ》は、ぎくしゃくとだが、卓也《たくや》の肩《かた》を抱《だ》いて、弔意《ちょうい》を示《しめ》すことができた。

卓也《たくや》のほうも、そのことをすんなりと受《う》け入《い》れる。乾《かわ》いた儀礼的《ぎれいてき》な雰囲気《ふんいき》が漂《ただよ》い、昨夜《さくや》に比《くら》べて悲嘆《ひたん》の度合《どあ》いは少《すく》なかった。

が、光彦《てるひこ》は再《ふたた》びあの気配《けはい》を感《かん》じた――何《なに》かを拒絶《きょぜつ》する気配《けはい》。何《なに》かが引《ひ》っかかる気配《けはい》。

誰《だれ》だろう。

そっとみんなを盗《ぬす》み見《み》るが、やはり誰《だれ》が発《はっ》しているものかは分《わ》からなかった。

慣《な》れ始《はじ》めているのか?

そんなことを考《かんが》える。

三回鳴《かいな》る鐘《かね》に。変《か》えようのない現実《げんじつ》に。

光彦《てるひこ》は混乱《こんらん》したままだった。

半日《はんにち》であっというまに二人《ふたり》。

これで、残《のこ》るは幸正《ゆきまさ》だけになってしまった。

しばらく追悼《ついとう》の時間《じかん》を過《す》ごしたあと、引《ひ》き揚《あ》げていく途中《とちゅう》も半信半疑《はんしんはんぎ》だった。

今《いま》にもまた鐘《かね》が鳴《な》るのではないかという気がしてくる。

ひょっとしてもう鐘《かね》が鳴《な》ったのでは？

はっきりと空耳で鐘《かね》を聞《き》いたような気すらしてくるのだから、人間《にんげん》の感覚《かんかく》というのは不思議《ふしぎ》なものだ。

いつまで続《つづ》くんだろう。

光彦《てるひこ》は寝不足《ねぶそく》のぼんやりした頭《あたま》で考《かんが》えた。

これから先、いつまで？

前《まえ》に幸正《ゆきまさ》が話《はな》していなかったか？　立《た》て続《つづ》けに亡《な》くなってしまい、最後《さいご》の一人《ひとり》は針《はり》のむしろのようだったと。明日《あす》最後《さいご》の鐘《かね》が鳴《な》るかもしれないし、当分《とうぶん》鳴《な》らないかもしれないのだ。

まだ続《つづ》く、この生活《せいかつ》が。この不安《ふあん》が。この宙《ちゅう》ぶらりんの気持《きも》ちが。

光彦《てるひこ》は叫《さけ》び出《だ》したくなった。ここから逃《に》げ出《だ》したくなった。

逃《に》げたい。帰《かえ》りたい。ここから出たい。

胸《むね》が苦《くる》しくなり、動悸《どうき》が激《はげ》しくなる。

と、そこで光彦《てるひこ》は蘇芳《すおう》と約束《やくそく》した時間《じかん》が近付《ちかづ》いていることにおもむろに気付《きづ》き、ようやく目が覚《さ》めたような心地《ここち》になった。

蘇芳《すおう》。蘇芳《すおう》に話《はな》さなくては。

がばりとベッドの上に身《み》を起《お》こす。

聞《き》いてもらわなければ、この異常《いじょう》な話《はなし》を。

そう思《おも》い始《はじ》めると、気ばかり急《せ》いて、光彦《てるひこ》は約束《やくそく》の時間《じかん》よりもずっと早くあの場所《ばしょ》に行《い》き、その場《ば》で行《い》ったり来《き》たり、うろうろと過《す》ごした。

自分《じぶん》はおかしいのではないか。

ここにいることに、もう耐《た》えられないのではないか。

そんな気がして、ますます動悸《どうき》が激《はげ》しくなってくる。

なんとか正気を保《たも》たなくては。

光彦《てるひこ》にとっては、蘇芳《すおう》が唯一《ゆいいつ》の正気を保《たも》つためのよすがであり、この閉塞感《へいそくかん》と不安《ふあん》に溢《あふ》れた場所《ばしょ》での救《すく》いだったのだ。

蘇芳《すおう》の気配《けはい》が現《あらわ》れるまでの時間《じかん》が、これほど長《なが》く感《かん》じられたのは初《はじ》めてだった。このまま永遠《えいえん》に彼女《かのじょ》が現《あらわ》れなかったら、自分《じぶん》はどうにかなってしまうのではないかと思《おも》ったほどだ。

だが、いつもどおり、彼女《かのじょ》は冷静《れいせい》なまま現《あらわ》れてくれた。

光彦《てるひこ》は心底安堵《しんそこあんど》し、堰《せき》を切《き》ったようにこの二日間《ふつかかん》の出来事《できごと》をぶちまけたのである。

蘇芳《すおう》はいつものようにじっと光彦《てるひこ》の話《はなし》に耳を傾《かたむ》け、泰然《たいぜん》と彼《かれ》の話《はなし》を受《う》け止《と》めてくれていた。時折《ときおり》、分《わ》かりにくかったらしいところでは静《しず》かに質問《しつもん》し、正確《せいかく》に状況《じょうきょう》を把握《はあく》しようと努《つと》めてくれているのが分《わ》かる。

おかげで、光彦《てるひこ》は徐々《じょじょ》に理性《りせい》を取《と》り戻《もど》してきていた。この二日間《ふつかかん》の不安《ふあん》な気持《きも》ちが治《おさ》まっていく。

ああ、やっぱり蘇芳《すおう》は頼《たよ》りになる。

波《なみ》が引《ひ》くように落《お》ち着《つ》いてくると、今度《こんど》はこれまでのパニックが恥《は》ずかしく、馬鹿《ばか》らしくなる。蘇芳《すおう》と話《はな》す前《まえ》と後《あと》はいつもこの繰《く》り返《かえ》しだと思《おも》うと、光彦《てるひこ》は進《しん》歩《ぽ》のない自分《じぶん》が情《なさ》けなくなった。

「そこ？」

光彦《てるひこ》はようやく軽口《かるくち》を叩《たた》く余裕《よゆう》が出てきて、そう問《と》いかけた。

「え？」

蘇芳《すおう》の面喰《めんく》らった声《こえ》がする。

「そこで反応《はんのう》するわけ？　普通《ふつう》、あいつが水路《すいろ》から上がってきたところで反応《はんのう》しない？」

光彦《てるひこ》が冗談《じょうだん》めかしてそう言《い》い直《なお》すと、蘇芳《すおう》は理解《りかい》したらしく「ああ。」と呟《つぶや》くのが聞《き》こえた。

「そう――あの人が出てきたところは驚《おどろ》かなかったわ。だって、もともと神出《しんしゅつ》鬼没《きぼつ》だし。」

「だけど、いくらなんでも水路《すいろ》からっていうのは驚《おどろ》くでしょ。」

「でも、実《じつ》はあたし、見たの。この中には、幾《いく》つか秘密《ひみつ》の出入り口があるってこと。」

「え、そうなの？　見たの？」

「ええ。あれからアクシデントがあって、外《そと》に連絡《れんらく》したら、たまたま見られたの。」

「どんなふうに？」

「意外《いがい》なところよ。こんなところに、と思《おも》うようなところだった。」

「水路《すいろ》？」

「それに近《ちか》いところね。」

「そっか。だから、驚《おどろ》かなかったんだ。じゃあ、どうして今《いま》のところで驚《おどろ》いたの？」

「それは。」

蘇芳《すおう》は言《い》いよどんだ。

「なに？」

「それが意味《いみ》するところに思《おも》い当《あ》たったから。」

婉曲《えんきょく》な言《い》い回《まわ》しだった。

「どういうこと？」

思《おも》わず聞《き》き返《かえ》す。

が、蘇芳《すおう》はためらったまま答《こた》えない。

ふと、閃《ひらめ》いた。

「ねえ、ひょっとして、このあいだ言《い》ってたことに関係《かんけい》ある？」

「あたし、何《なに》か言《い》った？」

警戒《けいかい》するような声《こえ》。

「うん。あたしたちがどうして親《おや》の死《し》に際《ぎわ》に会《あ》わせてもらえないのか、なんとなく分《わ》かってきたって言《い》ってたじゃない。」

「ああ――言《い》ったわね。」

蘇芳《すおう》の声《こえ》には後悔《こうかい》の響《ひび》きがある。が、聞《き》かずにはいられなかった。

「それって、ひょっとして——この林間学校《りんかんがっこう》に——夏流城《かなしろ》の存在《そんざい》そのものに、関係《かんけい》しているの？」

光彦《てるひこ》は自分《じぶん》の声《こえ》がかすれているのに気付《きづ》いた。

いつのまにか、じっとりと冷《ひ》や汗《あせ》を掻《か》いている。

なんだろう。何《なに》に緊張《きんちょう》しているんだろう。

緊張《きんちょう》を振《ふ》り払《はら》おうとするが、失敗《しっぱい》した。土塀《どべい》の向《む》こうにいる蘇芳《すおう》も緊張《きんちょう》していることが伝《つた》わってきたからだ。

つまり、彼《かれ》が言《い》ったことは的《まと》を射《い》ていたということなのだ。

どうしよう。聞《き》かないほうがいいだろうか。これだけ蘇芳《すおう》が躊躇《ちゅうちょ》しているということは、とんでもないことに違《ちが》いないのだから。

理性《りせい》ではそう考《かんが》えていても、感情《かんじょう》が先に出た。

「頼《たの》むよ。教《おし》えて。このままここにいたら、僕《ぼく》、きっと気《き》が変《へん》になっちゃう。

気味《きみ》の悪《わる》いことばかり起《お》きて、これ以上《いじよう》ここにいることに耐《た》えられそうにないんだ。ここで起《お》きていることにきちんと説明《せつめい》が付《つ》くんなら、どんな恐《おそ》ろしいことでも我慢《がまん》するから、蘇芳《すおう》が何《なに》か知《し》ってるんなら、教《おし》えてほしいんだ。」

光彦《てるひこ》はそう一息《ひといき》に言《い》った。

落《お》ち着《つ》いてきたはずの不安《ふあん》が、またぶり返《かえ》す気配《けはい》があった。もうあんな不安《ふあん》が続《つづ》くことに耐《た》えられない。

いったいいつここから出られるんだ？　いつまでここに閉《と》じ込《こ》められてるんだ？　あいつと一緒《いつしよ》に、いったいいつまで？

頭《あたま》の中で、そうわめく自分《じぶん》がいた。

沈黙《ちんもく》。

光彦《てるひこ》は返事《へんじ》を待《ま》った。蘇芳《すおう》の気持《きも》ちが落《お》ち着《つ》き、口を開《ひら》く瞬間《しゆんかん》を待《ま》った。

やがて、小さな溜息《ためいき》が聞《き》こえた。

「――あたし、まだお悔《く》やみを言《い》ってなかったわね。」

淡々《たんたん》とした声《こえ》。

「え？」

「お母《かあ》さんのこと、残念《ざんねん》だったわね。あたしから言《い》われてもあんまり慰《なぐさ》めにならないかもしれないけど、お悔《く》やみ申《もう》し上《あ》げます。」

頭《あたま》を下げる気配《けはい》がした。

そうか。現《あらわ》れた「みどりおとこ」のほうに話《はなし》の重点《じゅうてん》を置《お》いていたから、蘇芳《すおう》にお悔《く》やみを言《い》う隙《すき》を与《あた》えていなかったのだ。

「いいや、そんなことないよ。ありがとう。ここにいる連中《れんちゅう》は、運命共同体《うんめいきょうどうたい》だもの。いちばん理解《りかい》してもらえるよ。」

「そうかもね。」

同意《どうい》する。

「いい？　これから話《はな》すことは、あくまでもあたしが考《かんが》えた、個人的《こじんてき》な意見《いけん》よ。」

蘇芳《すおう》の声《こえ》が強張《こわば》っていた。彼女《かのじょ》も緊張《きんちょう》しているのだ。

「うん。分《わ》かってる。」

「だけど、そう考《かんが》えるとこれまで疑問《ぎもん》に思《おも》っていたことが説明《せつめい》できるの。もちろん、説明《せつめい》できるからといって、これが本当《ほんとう》かどうかは分《わ》からないわ。でも、生前《せいぜん》うちの親《おや》が話《はな》していたこととも辻褄《つじつま》が合《あ》うのよ。お願《ねが》い、これは光彦《てるひこ》とあたしだけの秘密《ひみつ》にしてね。きっと、死《し》んでいく親《おや》たちも知《し》られたくないだろうし。」

「分《わ》かった。約束《やくそく》する。」

光彦《てるひこ》は大きく頷《うなず》いた。

そして、蘇芳《すおう》は説明《せつめい》を始《はじ》めた。

いつものように、静《しず》かに、冷静《れいせい》に。

しかし、聞《き》いている光彦《てるひこ》のほうは、決《けっ》してそういうわけにはいかなかったのだ。

第九章

最後《さいご》の鐘《かね》が鳴《な》る時《とき》

その日の晩《ばん》。

光彦《てるひこ》は昼間《ひるま》蘇芳《すおう》から聞《き》いた話《はなし》が頭《あたま》から離《はな》れず、ずっとそのことばかりに気を取《と》られていたので、夕飯《ゆうめし》も上の空だった。

重苦《おもくる》しい雰囲気《ふんいき》は相変《あいか》わらずだったことは覚《おぼ》えている。

既《すで》に三人は引導《いんどう》を渡《わた》され、残《のこ》るは幸正《ゆきまさ》一人《ひとり》。

両者《りょうしゃ》のあいだには目に見えない溝《みぞ》があって、誰《だれ》も口にはしないものの、そのことを繕《つくろ》おうとする者《もの》もいなかった。

少《すく》なくとも、自分《じぶん》の鐘《かね》はもう鳴《な》らない。それだけが、光彦《てるひこ》にとってのかすかな慰《なぐさ》めだった。

が、自分《じぶん》の部屋《へや》に引《ひ》き揚《あ》げようとした時《とき》、卓也《たくや》がそっと近付《ちかづ》いてきて、光彦《てるひこ》に耳打《みみう》ちしたのだった。

「おい、ちょっといいか？」

その緊迫《きんぱく》した声《こえ》に、光彦《てるひこ》は目を覚《さ》まさせられるような心地《ここち》になった。

「どうかした？」

卓也《たくや》は、誰《だれ》に見つかるわけでもないのに、光彦《てるひこ》を道《みち》の隅《すみ》に連《つ》れていった。

「なんか、様子《ようす》がヘンだ。」

「なんの？」

つられて声《こえ》を潜《ひそ》める。卓也《たくや》は更《さら》に声《こえ》を低《ひく》めた。

「耕介《こうすけ》さ。」

「耕介《こうすけ》？」

「夕飯《ゆうめし》の時《とき》から、なんかおかしいんだ――いや、違《ちが》うな。」

卓也《たくや》は首《くび》を振《ふ》った。

「昼間《ひるま》っからだ。俺《おれ》の親《おや》が死《し》んで、解散《かいさん》する辺《あた》りからヘンだった。おまえ、気《き》付《づ》かなかったか？」

「いや。」

「なんか、挙動不審《きよどうふしん》なんだよな。そわそわして、落《お》ち着《つ》きなくて——幸正《ゆきまさ》のことを、嚙《か》み付《つ》きそうな目で見てた。これまではあんな目つきしなかった。まるで、幸正《ゆきまさ》を憎《にく》んでるみたいなんだ。」

気《き》付《づ》かなかった。

光彦《てるひこ》は、自分《じぶん》の親《おや》が死《し》んだばかりなのに、そういう変化《へんか》に気《き》付《づ》く卓也《たくや》に驚《おどろ》かされ、同時《どうじ》に恥《は》ずかしくなった。

本当《ほんとう》に、俺《おれ》っていつもいっぱいいっぱいなんだな。

苦《にが》い思《おも》いをかみ締《し》めつつ、聞《き》き返《かえ》す。

「どういうことだ？」

「分《わ》からない。だけど、ちょっと嫌《いや》な感《かん》じがしたんで、あいつを見張《みは》ろうと思《おも》うんだ――ほら、いろいろあったしな。一緒《いっしょ》に頼《たの》めないか？」
「ＯＫ。」
そう言《い》われれば、引《ひ》き受《う》けないわけにはいかない。
耕介《こうすけ》。
いったいどうしたというのだろう。まさかまだ親《おや》が生きている幸正《ゆきまさ》を恨《うら》んで
――とか。
いや、まさかそんなはずはない。数日《すうじつ》の違《ちが》いで、誰《だれ》もが同《おな》じ境遇《きょうぐう》なのだから。
湿《しめ》った風《かぜ》の匂《にお》いがした。
どうやら、天気は下《くだ》り坂《ざか》のようだ。生暖《なまあたた》かい風《かぜ》が吹《ふ》いている。
「おい、見ろよ。」
耕介《こうすけ》の部屋《へや》の近《ちか》くで見張《みは》っていたが、すぐに彼《かれ》が出てきた。
薄闇《うすやみ》の中で、彼《かれ》の大きな身体《からだ》が、しなやかに動《うご》く。それは思《おも》いのほか冷徹《れいてつ》で、
昼《ひる》に見る彼《かれ》とは全《まった》く異《こと》なっていた。

まるで夜行性《やこうせい》の野生動物《やせいどうぶつ》だ。

光彦《てるひこ》は首《くび》の後《うし》ろに冷《つめ》たいものを感《かん》じた。

やっぱりあいつ、見てくれとは違《ちが》う。

「どこに行《い》くんだろ。」

「しっ。」

口をつぐみ、二人《ふたり》で後《あと》を尾《つ》ける。

耕介《こうすけ》の髪《かみ》が、夜風《よかぜ》で逆立《さかだ》っているのが見えた。

「やっぱり、幸正《ゆきまさ》の部屋《へや》に行《い》くぜ。」

卓也《たくや》が呟《つぶや》いた。

見ると、耕介《こうすけ》は幸正《ゆきまさ》の部屋《へや》に近付《ちかづ》き、そっと中を窺《うかが》っている。

が、奇妙《きみよう》なことに、彼《かれ》もまた、幸正《ゆきまさ》を見張《みは》り始《はじ》めたのだった。

「何《なに》してるんだろう。」

傍《はた》から見たら、実《じつ》に奇妙《きみよう》な状況《じようきよう》だった。一人《ひとり》を見張《みは》る一人《ひとり》を二人《ふたり》で見張《みは》っている。しかも、夜《よる》の闇《やみ》の中、互《たが》いに知《し》らせずに、ここに四人が固《かた》まってじっとしているのだ。

何《なに》がなんなのか、今目《いまめ》の前《まえ》に起《お》きていることがちっとも理《り》解《かい》できなかった。それは卓也《たくや》も光彦《てるひこ》も同《おな》じだったと思《おも》うのだが、耕介《こうすけ》が動《うご》き出《だ》さない限《かぎ》り、二人《ふたり》もじっとしている他《ほか》はなかった。

いったいどのくらい待《ま》っただろう。

次第《しだい》に、時計《とけい》の針《はり》は夜中《よなか》に向《む》かっていた。

風《かぜ》はいよいよ湿《しめ》っぽくなり、辺《あた》りはむっとするような草いきれに覆《おお》われた。息苦《いきぐる》しく感《かん》じるのは、湿度《しつど》のせいなのか、息《いき》を詰《つ》めて見張《みは》っているせいなのか分《わ》からなくなってくる。

闇《やみ》の中、どこかを時折激《ときおりはげ》しく風《かぜ》が吹《ふ》きぬけていく。

まるで時間《じかん》が伸《の》び縮《ちぢ》みしているようで、どのくらい経《た》ったのか、だんだんあやふやになる。

と、耕介《こうすけ》がピクリとするのが分《わ》かった。

それを見ていた二人《ふたり》もピクリと身体《からだ》を震《ふる》わせる。

幸正《ゆきまさ》が部屋《へや》から出てきたのだった。

俯《うつむ》き加減《かげん》に、幸正《ゆきまさ》はのろのろと外《そと》を歩《ある》き出《だ》した。

どこに行《い》くのだろう?

幽霊《ゆうれい》のようにふらふらと歩《ある》いていく幸正《ゆきまさ》の後《あと》を、耕介《こうすけ》が少《すこ》し離《はな》れて追《お》いかけていく。むろん、卓也《たくや》と光彦《てるひこ》もその後《あと》に続《つづ》いた。

闇《やみ》の底《そこ》。四人の少年《しょうねん》たちは間《あいだ》を置《お》いて一列《いちれつ》に進《すす》んでいた。

ごおっ、と耳元《みみもと》で風《かぜ》の音が響《ひび》く。

幸正《ゆきまさ》は食堂《しょくどう》のほうに向《む》かっているようだった。

こんな夜中《よなか》に何《なに》をしに行《い》くのだろう。

光彦《てるひこ》と卓也《たくや》は顔《かお》を見合《みあ》わせるが、二人《ふたり》とも首《くび》をかしげるばかりである。

やはり、幸正《ゆきまさ》は食堂《しょくどう》に入っていった。

パッと明《あ》かりが点《つ》く。

すぐに耕介《こうすけ》が追《お》いつき、ドアのそばに立つと、中をじっと窺《うかが》っている。

食堂《しょくどう》の明《あ》かりにかすかに照《て》らし出《だ》された耕介《こうすけ》の顔《かお》に、光彦《てるひこ》はギョッとした。

異様《いよう》に輝《かがや》く目。その目は明《あき》らかに殺気《さっき》に満《み》ちていた。これまで全《まった》く見たことのない表情《ひょうじょう》に背筋《せすじ》が冷《つめ》たくなる。

「おい。」

卓也《たくや》が身《み》を硬《かた》くするのが分《わ》かった。

光彦《てるひこ》は、卓也《たくや》の視線《しせん》の先に気付《きづ》き、同《おな》じく身体《からだ》を強張《こわば》らせた。

耕介《こうすけ》の手に握《にぎ》られたものに気付《きづ》いたからである。

鎌《かま》。

彼《かれ》は、手に鎌《かま》を握《にぎ》っていた。

あの時《とき》、茂《しげ》みの中で鎌《かま》を握《にぎ》って立っていた男——

耕介《こうすけ》だったというのか？

耕介《こうすけ》の目に力がこもった。横顔《よこがお》と鎌《かま》が、食堂《しょくどう》から漏《も》れる光《ひかり》に鈍《にぶ》く照《て》らし出《だ》されているところは、恐《おそ》ろしい眺《なが》めである。

と、耕介《こうすけ》が動《うご》き出《だ》そうとした瞬間《しゅんかん》。

「やめろ！」

卓也《たくや》と光彦《てるひこ》は、慌《あわ》てて飛《と》び出《だ》すと耕介《こうすけ》に飛《と》びついた。

「おまえら。」

耕介《こうすけ》がぎょっとして振《ふ》り返《かえ》る。

卓也《たくや》は腕《うで》を、光彦《てるひこ》は足にしがみつく。それでも、大柄《おおがら》な耕介《こうすけ》の身体《からだ》を押《お》さえるのは難《むずか》しかった。

「離《はな》せ！」

耕介《こうすけ》は、手足を振《ふ》り回《まわ》し、二人《ふたり》を振《ふ》り切《き》ろうとする。

「よせ、耕介《こうすけ》。」

卓也《たくや》が叫《さけ》んだ。二人《ふたり》して、離《はな》されまいと必死《ひっし》である。

「馬鹿《ばか》っ、何《なに》を勘違《かんちが》いしてるんだ！」

耕介《こうすけ》が叫《さけ》んだ。

「止《と》めろ！」

更《さら》にひときわ大声《おおごえ》で叫《さけ》び、しきりに食堂《しょくどう》に目をやる。

「え？」

その剣幕《けんまく》に、卓也《たくや》と光彦《てるひこ》は思《おも》わず顔《かお》を見合《みあ》わせてしまった。


「幸正《ゆきまさ》を止《と》めろっ！」

力を抜《ぬ》いたその瞬間《しゅんかん》を見逃《みのが》さず、耕介《こうすけ》が二人《ふたり》を振《ふ》り払《はら》って食堂《しょくどう》に飛《と》び込《こ》んだのと、幸正《ゆきまさ》が天井《てんじょう》の梁《はり》に吊《つ》るした縄《なわ》で作《つく》った輪《わ》に首《くび》を突《つ》っ込《こ》んでテーブルの上から飛《と》び降《お》りたのは、ほぼ同時《どうじ》だった。

＊

耕介《こうすけ》が鎌《かま》で縄《なわ》を叩《たた》き切《き》り、床《ゆか》に転《ころ》げ落《お》ちた幸正《ゆきまさ》がのた打《う》ち回《まわ》って咳《せ》き込《こ》むのを、光彦《てるひこ》と卓也《たくや》は青ざめた顔《かお》で見下ろしていた。

耕介《こうすけ》はしばらく棒立《ぼうだ》ちになっていたが、やがて肩《かた》をコキコキと回《まわ》すと、静《しず》かに声《こえ》を掛《か》ける。

「幸正《ゆきまさ》、馬鹿《ばか》なことをするのはやめろ。」

幸正《ゆきまさ》は、ようやく何《なに》が起《お》きたのか分《わ》かったようで、よろよろと三人を見上げ、耕介《こうすけ》の手に握《にぎ》られた鎌《かま》を見た。

「これはいったいどういうことだ。」

卓也《たくや》が耕介《こうすけ》と幸正《ゆきまさ》を交互《こうご》に見る。

食堂《しょくどう》の中。窓《まど》ガラスが風《かぜ》でガタガタと鳴《な》っている。

四人のシルエットが壁《かべ》に映《うつ》って、まるで舞台《ぶたい》の上のようだ。

「やるとしたら、今夜《こんや》だと思《おも》った。」

耕介《こうすけ》が呟《つぶや》いた。

その顔《かお》には、安堵《あんど》と疲労《ひろう》がくっきりと浮《う》かんでいる。

「どうして。」

今度《こんど》は、幸正《ゆきまさ》が呟《つぶや》いた。喉《のど》を押《お》さえて耕介《こうすけ》をまじまじと見上げる。

「――明日《あす》になったら、『みどりおとこ』が迎《むか》えに来《き》てしまうからさ。」

耕介《こうすけ》は、吐《は》き捨《す》てるように答《こた》えた。

「ええ?」

そう叫《さけ》んだのは、卓也《たくや》と光彦《てるひこ》が同時《どうじ》だった。

幸正《ゆきまさ》の目が見開《みひら》かれ、顔《かお》がみるみるうちに赤く染《そ》まっていく。それは、羞恥《しゅうち》にも怒《いか》りにも見えた。

「『みどりおとこ』が迎《むか》えに来《く》る？　どうして？　だって、まだ幸正《ゆきまさ》が。」

光彦《てるひこ》が呟《つぶや》くと、耕介《こうすけ》は左右にゆっくりと首《くび》を振《ふ》った。

「いいや。もうみんな、終《お》わってる。もう鐘《かね》は鳴《な》らない。」

「なぜ？」

耕介《こうすけ》はゆっくりとみんなを見回《みまわ》した。もっとも、幸正《ゆきまさ》は床《ゆか》に目を落《お》としたまま誰《だれ》も見ようとはしない。

「最初《さいしょ》の番号《ばんごう》。覚《おぼ》えてるか。」

「ああ。該当者《がいとうしゃ》がいなかったやつだろ。」

耕介《こうすけ》はのろのろと首《くび》を左右に振《ふ》った。

「あれは、やっぱり幸正《ゆきまさ》の親《おや》の番号《ばんごう》だったんだ。」

「え？」

今度《こんど》はきょとんとしてしまった。

光彦《てるひこ》と卓也《たくや》は戸惑《とまど》った顔《かお》を見合《みあ》わせる。

耕介《こうすけ》は窓《まど》のほうに目をやった。

「――おまえの気持《きも》ちは分《わ》からなくもない。いや、さっき、自分《じぶん》が親《おや》を亡《な》くしてみて分《わ》かったような気がした。」

独《ひと》り言《ごと》のように呟《つぶや》く。

「なんの実感《じっかん》もない。ただ、数字《すうじ》があるだけ。死《し》に目《め》にも会《あ》えない。葬式《そうしき》もない。やりきれないし、納得《なっとく》できない。」

耕介《こうすけ》は光彦《てるひこ》と卓也《たくや》を見た。

「幸正《ゆきまさ》は、親《おや》の死《し》を受《う》け入《い》れたくなかった。そのことに耐《た》える自信《じしん》がなかった。そうだろ？」

耕介《こうすけ》は口調《くちょう》を和《やわ》らげ、最後《さいご》の部分《ぶぶん》は幸正《ゆきまさ》に向《む》かって投《な》げかけた。

「宙《ちゅう》ぶらりん。まさに放置《ほうち》プレイだな。」

小さく苦笑《くしょう》し、ぐるりとみんなを見る。

「加《くわ》えて、彼《かれ》には自殺願望《じさつがんぼう》があった——前《まえ》の時《とき》も、そうだったんだってな?」

幸正《ゆきまさ》がびくりとした。

自殺願望《じさつがんぼう》?

光彦《てるひこ》は、その言葉《ことば》と、目《め》の前《まえ》の気の強《つよ》い少年《しょうねん》とが結《むす》びつかないことに困惑《こんわく》した。

が、耕介《こうすけ》は真顔《まがお》だった。

「前《まえ》の林間学校《りんかんがっこう》に行《い》った時《とき》も、帰《かえ》ってから死《し》のうとした——幸《さいわ》い、未遂《みすい》で済《す》んだし、そのあとは元気《げんき》になったように見えた。だけど——いや、だからこそ、今《こん》回《かい》も、気をつけていてくれと先生に頼《たの》まれてたんだ。もしかするとここにいるあいだに自殺《じさつ》しようとするかもしれないからって。」

天井《てんじょう》にぶらさがった、縄《なわ》の切《き》れ端《はし》に、誰《だれ》からともなく目をやった。

「——そうだったのか。」

幸正《ゆきまさ》が、聞《き》こえないくらいの小さい声《こえ》で呟《つぶや》いた。

「道理《どうり》で、何《なに》かと僕《ぼく》の世話《せわ》を焼《や》きたがったのか。」

「自分《じぶん》に鎌《かま》を仕掛《しか》けたのも、彫像《ちょうぞう》を倒《たお》したのも、あわよくば死《し》にたいと思《おも》ってたからだな？　自分《じぶん》で自分《じぶん》を狙《ねら》ったんだな？」

鎌《かま》も——彫像《ちょうぞう》も？

「軍手《ぐんて》や緑《みどり》のゴム手袋《てぶくろ》をして、スニーカーの上にゴム長靴《ながぐつ》を履《は》いて、な。」

耕介《こうすけ》は静《しず》かに続《つづ》ける。

「どっちでもよかったんだ。鎌《かま》が刺《さ》さったって、彫像《ちょうぞう》の下敷《したじ》きになったって。」

幸正《ゆきまさ》は、ぼそりと呟《つぶや》いた。

「幸正《ゆきまさ》は、揺《ゆ》れてた。」

耕介《こうすけ》は幸正《ゆきまさ》の声《こえ》にかぶせるように言《い》った。

「最初《さいしょ》、自分《じぶん》の親《おや》の番号《ばんごう》を否定《ひてい》した時《とき》は、生きたいんだ、と思《おも》った。親《おや》の死《し》を認《みと》めたくないというのは、自分《じぶん》も生きたいからだと。」

あの、拒絶《きょぜつ》の気配《けはい》。

違和感《いわかん》の正体《しょうたい》は、幸正《ゆきまさ》だったのか。


光彦《てるひこ》はそう思《おも》い当《あ》たった。

「――だが、立《た》て続《つづ》けに来《き》てしまった。」

耕介《こうすけ》は疲《つか》れた顔《かお》で光彦《てるひこ》を見た。

「少《すく》なくとも、全員《ぜんいん》の鐘《かね》が鳴《な》るまでは大丈夫《だいじょうぶ》だろうと思《おも》ったんだ。幸正《ゆきまさ》の親《おや》はまだ死《し》んでいないことになっているんだから、彼《かれ》は生《い》き続《つづ》けるだろうと。」

耕介《こうすけ》は自分《じぶん》の手を見下ろした。まだ鎌《かま》は握《にぎ》ったままだ。

「だけど、もう三人とも鳴《な》ってしまった。あと、残《のこ》るは幸正《ゆきまさ》の分《ぶん》だけということになっている。だが、もう鐘《かね》は鳴《な》らない。全員終《ぜんいんお》わった。とすると、鐘《かね》の鳴《な》り終《お》わった翌日《よくじつ》、『みどりおとこ』が迎《むか》えに来《く》る。もし奴《やつ》が迎《むか》えに来《き》たら、幸正《ゆきまさ》が嘘《うそ》をついていたことがバレてしまう。彼《かれ》の親《おや》が死《し》んだことも分《わ》かってしまう。それはすなわち、親《おや》が死《し》んだことを認《みと》めなければならない時《とき》だ。そのことに幸正《ゆきまさ》は耐《た》えられるだろうか。」

耕介《こうすけ》は、幸正《ゆきまさ》でも誰《だれ》でもないほうを向《む》き、問《と》いかけるような目をした。

「いや、駄目《だめ》だ。だとすると、今夜《こんや》が危《あぶ》ない。そう気付《きづ》いたんだ。」

「だから、俺《おれ》の番《ばん》のあとからあんな怖《こわ》い目つきになったのか。」

卓也《たくや》がそう呟《つぶや》くと、耕介《こうすけ》は頭《あたま》を掻《か》いた。

「バレバレだな。でも、今《いま》となってはよかったよ——おまえらが気付《きづ》いてくれて。俺一人《おれひとり》だけじゃ、ダメだったかもしれない。」

耕介《こうすけ》が縄《なわ》を切《き》る前《まえ》に、卓也《たくや》と光彦《てるひこ》が落《お》ちる幸正《ゆきまさ》の身体《からだ》をかろうじて受《う》け止《と》めたのだ。

「——馬鹿《ばか》だな。」

そう呟《つぶや》いたのは、幸正《ゆきまさ》だった。

「誰《だれ》が？」

耕介《こうすけ》が聞《き》き返《かえ》す。

「おまえらだよ。」

その口調《くちょう》は、いつものシニカルな幸正《ゆきまさ》に戻《もど》っている。

「死《し》にたい奴《やつ》なんか、ほっときゃいいんだ。しょせんは弱《よわ》い個体《こたい》なんだから。自然淘汰《しぜんとうた》されるのが本来《ほんらい》の姿《すがた》だよ。」

「そうかもしれない。」

耕介《こうすけ》は肩《かた》をすくめる。

「だけど、少《すく》なくとも俺《おれ》たちの目《め》の前《まえ》ではやめといてほしいな。先生だって、周《まわ》りの大人たちだって、すごく気にかけてるんだからさ。」

「──のようだね。」

幸正《ゆきまさ》は長《なが》い溜息《ためいき》をついた。

耕介《こうすけ》は、少《すこ》しだけ笑顔《えがお》になった。

「それに、おまえ、やっぱり生きたがってた。みんなをつけまわして、卓也《たくや》を池《いけ》に突《つ》き落《お》としたり、いろいろ仕掛《しか》けたり、うろうろして、ちょっかいだして、俺《おれ》たちに生きたいってサイン出してたじゃないか。」

サイン。

「なあ。」

光彦《てるひこ》が思《おも》いついて幸正《ゆきまさ》に尋《たず》ねた。

「ひょっとして、おまえ、門《もん》のところに行《い》った?」

もろもろの出来事《できごと》が幸正《ゆきまさ》の仕業《しわざ》だとすれば、あの門《もん》のところの足跡《あしあと》も「みどりおとこ」ではなく――

「ふん。」

幸正《ゆきまさ》は床《ゆか》に手をついて、鼻《はな》を鳴《な》らした。

「おまえがこそこそ、時々《ときどき》どっか行《い》くのには気付《きづ》いてたよ。何《なに》か仕掛《しか》けたのかと思《おも》って、門《もん》を押《お》したり引《ひ》いたりしたけど、なんともなかった。」

やっぱりそうだったのか。

光彦《てるひこ》は愕然《がくぜん》とした。全《まった》く尾《つ》けられているのに気付《きづ》かなかったのだ。

まさか、ひょっとして、蘇芳《すおう》と話《はな》していたことも――

全身《ぜんしん》に冷《ひ》や汗《あせ》が噴《ふ》き出《だ》してくる。恐《おそ》る恐《おそ》る幸正《ゆきまさ》の表情《ひょうじょう》を窺《うかが》うが、彼《かれ》は無表情《むひょうじょう》のままだった。

みんながじっと幸正《ゆきまさ》に注目《ちゅうもく》する。

「――馬鹿《ばか》だ。」

突然《とつぜん》、幸正《ゆきまさ》がそう叫《さけ》び、ごろりと床《ゆか》に転《ころ》がると両手《りょうて》で顔《かお》を覆《おお》った。

ハッとしてみんなが身体《からだ》を動《うご》かそうとしたが、結局《けっきょく》、誰《だれ》も動《うご》けなかった。

押《お》し殺《ころ》した声《こえ》が、幸正《ゆきまさ》の両手《りょうて》のあいだから漏《も》れてくる。

「おまえらも、僕《ぼく》も——ほんとに、大馬鹿《おおばか》だ。」

顔《かお》を覆《おお》った両手《りょうて》が静《しず》かに震《ふる》え始《はじ》めた。

みんなが黙《だま》り込《こ》み、目を背《そむ》けた。

幸正《ゆきまさ》は、顔《かお》を覆《おお》ったまま、声《こえ》を殺《ころ》して、泣《な》いていた。

光彦《てるひこ》は、その抑《おさ》えきれない嗚咽《おえつ》が外《そと》で吹《ふ》きすさぶ夜風《よかぜ》に重《かさ》なって、遠《とお》いところまで運《はこ》ばれていくのが見えるような気がした。

終章

沈黙《ちんもく》の城《しろ》

ぎいっ、とオールを漕《こ》ぐ音がのどかに続《つづ》いている。

四人の少年《しょうねん》は、どこか虚脱《きょだつ》した表情《ひょうじょう》で、「夏《なつ》の人」が漕《こ》ぐボートに揺《ゆ》られていた。

来《き》た時《とき》と同《おな》じところを走《はし》っているはずなのに、辺《あた》りの風景《ふうけい》がすっかり違《ちが》って見えるのが不思議《ふしぎ》だ。

『当時《とうじ》から噂《うわさ》はあったらしいのよ。

あたしも、昔《むかし》ちらっと両親《りょうしん》が話《はな》しあっているのを聞《き》いたことがある。』

光彦《てるひこ》の頭《あたま》の中には、蘇芳《すおう》の声《こえ》が響《ひび》いていた。

「夏《なつ》の人」は何《なに》もなかったかのような顔《かお》で、いっしんにオールを漕《こ》いでいる。

長身《ちょうしん》で、全身緑色《ぜんしんみどりいろ》で、おとぎ話《ばなし》から抜《ぬ》け出《で》てきたような格好《かっこう》をした、とても奇《き》妙《みょう》な「夏《なつ》の人」が。

『今《いま》はもうすっかり忘《わす》れられているけれど、緑色感冒《りょくしょくかんぼう》のパンデミックは、それはそれは悲惨《ひさん》なものだったらしいわ。ひとつの共同体《きょうどうたい》が根《ね》こそぎやられてしまって、数百人《すうひゃくにん》、数千人《すうせんにん》という自治体《じちたい》で、生《い》き残《のこ》った者《もの》はほんの少《すこ》し。長《なが》いあいだ放《ほう》置《ち》されてしまったため、物資《ぶっし》が極端《きょくたん》に不足《ふそく》した中での生《い》き残《のこ》りよ。そして、実《じつ》は、世界各地《せかいかくち》でのサバイバーには、ある共通点《きょうつうてん》があったの。』

川を、草原《そうげん》を渡《わた》る風《かぜ》が頬《ほお》を撫《な》でる。

もう二度《にど》と、ここに来《く》ることはあるまい。この悲《かな》しみの城《しろ》、タブーを守《まも》り続《つづ》ける沈黙《ちんもく》の城《しろ》に。

『それは――食糧《しょくりょう》がなくなってしまったために、喫人行為《きつじんこうい》をしたということ。』

あの時《とき》、蘇芳《すおう》の声《こえ》は少《すこ》し震《ふる》えていた。

聞《き》いている光彦《てるひこ》も一緒《いっしょ》におののいていたような気《き》がする。

『ええ。はっきりいえば、死体《したい》の肉《にく》を食《た》べたということよ。全《まった》く食《た》べるものがなかったので、緑色感冒《りょくしょくかんぼう》で死《し》んだ人間《にんげん》の肉《にく》を、長期《ちょうき》に亘《わた》って食《た》べた。それで生《い》き残《のこ》ることができたらしいの。そして、緑色感冒《りょくしょくかんぼう》で死《し》んだ者《もの》の肉《にく》を食《た》べると、みんな同《おな》じ、独特《どくとく》のああいう姿《すがた》になるらしいの。』

「夏《なつ》の人」は、その姿《すがた》を誇示《こじ》するかのように、日の光《ひかり》を浴《あ》びてそこに立っていた。

たくましい腕《うで》が、軽々《かるがる》とオールを漕《こ》ぐ。

太陽《たいよう》に輝《かがや》く緑色《みどりいろ》の肌《はだ》。豊《ゆた》かな緑色《みどりいろ》の髪《かみ》。

『そして、それはいつしか緑色感冒《りょくしょくかんぼう》の患者《かんじゃ》どうしで引《ひ》き継《つ》がれるようになっていった。』

蘇芳《すおう》の冷《さ》めた声《こえ》が聞《き》こえる。

あの時《とき》、蘇芳《すおう》は何《なに》を考《かんが》えていたのだろう。亡《な》くした親《おや》のことだろうか。それとも、他《ほか》のことだろうか。

『「夏《なつ》の人」はそれぞれのコロニーに一人《ひとり》。だけど、常《つね》に変化《へんか》している。それは、死期《しき》の近《ちか》い患者《かんじゃ》と、「夏《なつ》の人」とのあいだに引《ひ》き継《つ》ぎがあるんだと思《おも》う。』

引《ひ》き継《つ》ぎだって？

光彦《てるひこ》は思《おも》わず聞《き》き返《かえ》した。

それってどういうこと？　想像《そうぞう》できないんだけど。

今《いま》だって想像《そうぞう》できない。

光彦《てるひこ》は川面《かわも》で揺《ゆ》られながら、苦笑《くしょう》を浮《う》かべた。

そんな突拍子《とっぴょうし》もない話《はなし》、どうやって想像《そうぞう》しろというんだ？

『あたしだって、見たわけじゃないから分《わ》からないけど、それこそ王位継承《おういけいしょう》みたいなもの？　コロニーに常《つね》に一人《ひとり》はいる「夏《なつ》の人」は、入《い》れ替《か》わっているのよ。死《し》に際《ぎわ》の患者《かんじゃ》と、今《いま》の「夏《なつ》の人」が対峙《たいじ》した時《とき》に、どちらが受《う》け継《つ》ぐか自然《しぜん》と決《き》まるんだと思《おも》う。受《う》け継《つ》ぐほうが、弱《よわ》いほうを食《た》べる。バリバリと、全部《ぜんぶ》ね。そして、食《た》べたほうが次《つぎ》の代《だい》の「夏《なつ》の人」になるんだわ。』

あの時《とき》、水路《すいろ》から上がってきたあいつの口から、肉片《にくへん》やら歯《は》やらが零《こぼ》れ落《お》ちていた。

引《ひ》き継《つ》いだばかりだったのだ。果《は》たして、お母《かあ》さんが引《ひ》き継《つ》いだのか、奴《やつ》が引《ひ》き継《つ》いだのかは決《けっ》して分《わ》からないけれども。

『それが連綿《れんめん》と続《つづ》いてきたのよ——そして、引《ひ》き継《つ》いだほうは、それまでの患《かん》者《じゃ》の記《き》憶《おく》をも引《ひ》き継《つ》ぐ。特《とく》に、引《ひ》き継《つ》いだばかりの頃《ころ》は、多少混乱《たしょうこんらん》があるんじゃないかしら。まだ新《あたら》しい身体《からだ》に、立場《たちば》に、存在《そんざい》に、慣《な》れないのかも。』

いい子ね。光彦《てるひこ》はいい子ね。

母《はは》の声《こえ》と、調子《ちょうし》っぱずれのあいつの声《こえ》とが重《かさ》なり合《あ》う。

あれは、お母《かあ》さんの記《き》憶《おく》が引《ひ》き継《つ》がれ、直近《ちょっきん》の記《き》憶《おく》として取《と》り込《こ》む最中《さいちゅう》の出来《でき》事《ごと》だったのだろうか。

『死《し》ぬところを見せられないわけよね。だって、遺体《いたい》はないわけだから葬式《そうしき》も出せない。ましてや、患者《かんじゃ》が患者《かんじゃ》を食《た》べて、あの姿《すがた》になるところなんて、見せられると思《おも》う？　緑色感冒《りよくしよくかんぼう》がタブーになるのも無理《むり》はないわ。だから、患者《かんじや》の死《し》に際《ぎわ》が見えないところに閉《と》じ込《こ》められてしまったのかも。』

「夏《なつ》の人」の髪《かみ》が、風《かぜ》に揺《ゆ》れてきらきらと光《ひか》っている。

俺《おれ》は今何《いまなに》を見ているんだろう。

逆光《ぎやつこう》の中、影《かげ》になった「夏《なつ》の人」。

とても背《せ》が高《たか》く、まるでおとぎばなしから抜《ぬ》け出《で》てきたような——とても、現実《げんじつ》のものとは思《おも》えないような——この世《よ》のものとは思《おも》えぬ存在《そんざい》。

この先、いったいあいつはどうなるの？

光彦《てるひこ》は、あの時蘇芳《ときすおう》にそう尋《たず》ねた自分《じぶん》の声《こえ》を思《おも》い出《だ》す。

怯《おび》えたような、怪訝《けげん》そうな、弱々《よわよわ》しい声《こえ》だった。

『さあ、分《わ》からないわ。世界《せかい》で緑色感冒《りよくしよくかんぼう》の患者《かんじや》は減《へ》り続《つづ》けているから、もう数《すう》十年《じゆうねん》もすれば、どんどん「夏《なつ》の人」は減《へ》っていく。最後《さいご》は世界中《せかいじゆう》のコロニーが統《とう》合《ごう》されて、たった一人《ひとり》の「夏《なつ》の人」になるのかも。』

統合《とうごう》。

世界《せかい》でただ一人《ひとり》の「みどりおとこ」。最後《さいご》の「みどりおとこ」。

ということは、そいつは、それまでの緑色感冒《りょくしょくかんぼう》の患者《かんじゃ》すべての記憶《きおく》を一人《ひとり》で持《も》ってるってことになるのかな？

これは、あの時《とき》の質問《しつもん》ではなく、今考《いまかんが》えたことだ。

こいつの中に、膨大《ぼうだい》な数《かず》の患者《かんじゃ》の記憶《きおく》が。

光彦《てるひこ》は、まじまじと、空恐《そらおそ》ろしいような心地《ここち》で目《め》の前《まえ》の存在《そんざい》を見上げた。

お母《かあ》さんも。

幸正《ゆきまさ》の両親《りょうしん》も、卓也《たくや》や耕介《こうすけ》の親《おや》も、蘇芳《すおう》の両親《りょうしん》も。

みんなみんな、こいつの中にいるのか――

そう考《かんが》えると、目《め》の前《まえ》の存在《そんざい》が何《なに》か別《べつ》のものに見えた。ここにあるのは時間《じかん》の塊《かたまり》であり、人格《じんかく》の塊《かたまり》なのだ――

『ともあれ、研究者《けんきゅうしゃ》は、「夏《なつ》の人」を今《いま》の状態《じょうたい》のまま生《い》かし続《つづ》けるでしょうね。あらゆる生命《せいめい》の謎《なぞ》が詰《つ》め込《こ》まれた存在《そんざい》なんだから。きっとこの先も、「夏《なつ》の人」は互《たが》いに喰《く》らいあいながら、最後《さいご》の一人《ひとり》になるまで生きていくんだわ。』


最後《さいご》の一人《ひとり》まで。


あいつは長生《ながい》きする。最後《さいご》の一人《ひとり》になったあとはどうなるんだろう。そのままずっと生《い》き続《つづ》けるのだろうか？　それとも、患者《かんじゃ》が患者《かんじゃ》を喰《く》らうという新陳代謝《しんちんたいしゃ》がなくなったら、その時点《じてん》でおしまいなんだろうか。

どうだろう、その時人間《ときにんげん》はいるのかな？　もしかしたら、人間《にんげん》よりも長生《ながい》きしたりして。すべての人間《にんげん》がいなくなり、「みどりおとこ」だけが、患者《かんじゃ》だった人《にん》間《げん》の記《き》憶《おく》を溜《た》め込《こ》んだまま、一人地上《ひとりちじょう》に存在《そんざい》しているのかもしれない。

船着場《ふなつきば》が見えてきた。

ボートはするすると船着場《ふなつきば》に引《ひ》き寄《よ》せられてゆき、こつん、と小さな音を立てて到着《とうちゃく》する。

左右にゆらゆらと大きく揺《ゆ》れ、「夏《なつ》の人」はボートを岸《きし》に繋《つな》いだ。

「さよならよ。」

「夏《なつ》の人」が明《あか》るく叫《さけ》んだ。

「夏《なつ》のお城《しろ》に、悲《かな》しみは流《なが》していったわね？　あんたたちは、夏流城《かなしろ》の太陽《たいよう》よ。顔《かお》を上げて。まっすぐ前《まえ》を向《む》いて。」

甲高《かんだか》い声《こえ》が響《ひび》く。

ふと、母屋《おもや》に並《なら》べられていた四つのひまわりの花が目に浮《う》かんだ。

あれを並《なら》べたのは、あいつだ。

なぜかそう思《おも》った。

あいつはあいつなりに――僕《ぼく》たちに、何《なに》かを託《たく》している。

そう素直《すなお》に思《おも》えた。

「いいわね？　もうここのことはすっぱり忘《わす》れなさい。振《ふ》り返《かえ》るんじゃないわよ。」

背中《せなか》に声《こえ》が掛《か》かる。

誰《だれ》も返事《へんじ》をしない。

それでも、光彦《てるひこ》は最後《さいご》に一度《いちど》だけ、「夏《なつ》の人」を振《ふ》り返《かえ》らずにはいられなかった。

逆光《ぎゃっこう》の中、その人の顔《かお》は見えなかった。

再《ふたた》び、前《まえ》を向《む》いて、ボートを降《お》りる。地面《じめん》の感触《かんしょく》がやけに固《かた》い。

「――いい子ねえ、光彦《てるひこ》は。」

耳の後《うし》ろでそんな声《こえ》を聞《き》いたような気がしたが、光彦《てるひこ》はもう振《ふ》り向《む》かなかった。

わたしが子どもだったころ

人は誰《だれ》でも、心《こころ》の中に男の子の部分《ぶぶん》と女の子の部分《ぶぶん》を持《も》っています。

わたしの中の男の子の部分《ぶぶん》がお気に入りだったのは、少年探偵団《しょうねんたんていだん》や名探偵《めいたんてい》カッレくんやシャーロック・ホームズが出てくるミステリー、『サイボーグ００９』や『幻魔大戦《げんまたいせん》』などのＳＦ漫画《まんが》、スパイが出てくる映画《えいが》、十二月にテレビで二回《かい》に分《わ》けて放映《ほうえい》される映画《えいが》『大脱走《だいだっそう》』でした。

中でも、名探偵《めいたんてい》が出てくるミステリーが大好《だいす》きで、本のタイトルに「なぞ」や「秘密《ひみつ》」という文字が入っているものは、それだけで無条件《むじょうけん》に手に取《と》っていたほどです。

そのうち、読《よ》んでいるだけでは満足《まんぞく》できなくなって、自分《じぶん》でミステリーをノートに書《か》き始《はじ》めました。名前《なまえ》は忘《わす》れてしまいましたが、金髪《きんぱつ》の綺麗《きれい》な若《わか》い女性《じょせい》が名《めい》探偵役《たんていやく》でした。でも、いいトリックが全然《ぜんぜん》思《おも》いつかなくて、すぐに止《や》めました。

それ以来《いらい》、ずっと誰《だれ》かが謎《なぞ》を解《と》くお話《はなし》を読《よ》み続《つづ》けてきましたし、大きくなってからは、自分《じぶん》で仕事として書《か》くようになってしまいました。

謎解《なぞと》き。なんてわくわくする言葉《ことば》でしょう。

わたしは今《いま》も、解《と》けない謎《なぞ》や解《と》かれるべき謎《なぞ》や、解《と》きたい謎《なぞ》のことを考《かんが》えています。それは、実《じつ》は「生きる」ということと同《おな》じなんだなと、このごろ分《わ》かってきました。

本の中にも、本の外《そと》にも、解《と》かれるべき謎《なぞ》がたくさん待《ま》っています。さあ、一緒《いっしょ》に謎解《なぞと》きに挑戦《ちょうせん》しましょう。

恩田陸

（おんだ・りく）一九六四年宮城県生まれ。蠍座。A型。第三回日本ファンタジーノベル大賞の最終候補作となった『六番目の小夜子』で九二年にデビュー。二〇〇五年『夜のピクニック』で第二六回吉川英治文学新人賞と第二回本屋大賞、二〇〇六年『ユージニア』で第五九回日本推理作家協会賞長編及び連作短編集賞を受賞。他の著書に『夢違』『夜の底は柔らかな幻（上・下）』『ブラック・ベルベット』『消滅－VANISHING POINT』『蜜蜂と遠雷』などがある。ミステリー、ホラー、SF、ファンタジーなどあらゆるジャンルで、魅力溢れる物語を紡ぎ続けている。

酒井駒子

（さかい・こまこ）兵庫県生まれ。牡羊座。AB型。東京芸術大学美術学部油絵科卒。二〇〇四年『きつねのかみさま』（文：あまんきみこ）で第九回日本絵本賞、二〇〇五年『金曜日の砂糖ちゃん』でブラティスラヴァ世界絵本原画展金牌賞、二〇〇六年『ぼく おかあさんのこと…』でフランスにてPITCHOU賞、オランダにて銀の石筆賞、二〇〇九年『ゆきがやんだら』で銀の石筆賞、『くまとやまねこ』（文：湯本香樹実）で第四〇回講談社出版文化賞絵本賞を受賞。作品に『よるくま』『BとIとRとD』『はんなちゃんがめをさましたら』などがある。

初出
「メフィスト」2013 vol.1, vol.3／2014 vol.1, vol.3／2015 vol.1～3／2016 vol.1

MYSTERY LAND

検印廃止

M-030
N.D.C. 913 234p 19 cm ISBN978-4-06-220345-6

八月《はちがつ》は冷《つめ》たい城《しろ》

二〇一六年 十二月 十九日 第一刷発行
二〇一七年 四月 十三日 第二刷発行

著者――恩田《おんだ》陸《りく》

発行者――鈴木哲

発行所――株式会社講談社

東京都文京区音羽二―一二―二一 〒一一二―八〇〇一

電話 出版 〇三―五三九五―三五〇六
販売 〇三―五三九五―三六二二
業務 〇三―五三九五―三六一五

印刷所――株式会社精興社

製本所――大口製本印刷株式会社

装画・挿絵――酒井駒子

装丁――祖父江慎+藤井瑶(cozfish)

シリーズ造本設計――阿部聡

シリーズ企画――宇山日出臣

かつて子どもだったあなたと少年少女のための

ミステリーランド

MYSTERY LAND

豪華執筆陣

★我孫子武丸 Abiko Takemaru 眠り姫とバンパイア

★綾辻行人 Ayatsuji Yukito びっくり館の殺人

★有栖川有栖 Arisugawa Alice 虹果て村の秘密

★井上雅彦 Inoue Masahiko 夜の欧羅巴

★歌野晶午 Utano Shogo 魔王城殺人事件

★内田康夫 Uchida Yasuo ぼくが探偵だった夏

★太田忠司 Ota Tadashi 黄金蝶ひとり

★乙一 Otsuichi 銃とチョコレート

★小野不由美 Ono Fuyumi くらのかみ

☆恩田陸 Onda Riku 七月に流れる花　八月は冷たい城

★上遠野浩平 Kadono Kouhei 酸素は鏡に映らない

★加納朋子 Kanou Tomoko ぐるぐる猿と歌う鳥

★菊地秀行 Kikuchi Hideyuki トレジャー・キャッスル

★北村薫 Kitamura Kaoru 野球の国のアリス

★倉知淳 Kurachi Jun ほうかご探偵隊

★篠田真由美 Shinoda Mayumi 魔女の死んだ家

恩田陸　講談社の本

三月は深き紅の淵を
麦の海に沈む果実
黒と茶の幻想
黄昏の百合の骨
酩酊混乱紀行『恐怖の報酬』日記　イギリス・アイルランド
きのうの世界